メディアワークス文庫

皇帝陛下の御料理番

佐倉 涼

目　次

主な登場人物

《真雨皇国《しんうこうこく》》

紫乃《しの》――人里離れた山間で暮らす16歳の少女。他界した母の影響で、料理が得意。

花見《はなみ》――猫又の妖怪。美味しいご飯を作る紫乃に懐き、小屋に住みつくように。

《天栄宮《てんえいきゅう》》

凱嵐《がいらん》――皇帝。紫乃の手料理を気に入り、半ば強引に自らの御料理番頭に任命する。

賢孝《けんこう》――凱嵐の右腕となる、執務補佐官。凱嵐を守る為なら手段を選ばない。

大鈴《だいりん》――宮廷内で紫乃に礼儀作法などを教えてくれる、しっかり者のお世話係。

伴代《ばんだい》――紫乃が就く以前の夕餉御料理番頭。伝説の御料理番頭・紅玉を尊敬している。

美梅《みうめ》――毒見番。気が強く、突如現れた紫乃の事をあまりよく思っていない。

紅玉《こうぎょく》――誰からも親しまれる、伝説の御料理番頭。

白元妃《はくげんぴ》――男禁制の女人の園・奥御殿に住む先代皇帝の妃。

序章

冬夜の森林の中を駆け抜ける男がいた。

真っ暗闇で視界が悪く、枝葉や石で足元が悪い中、男はそれらを何ら障害と思わずに走り行く。雪が積もっていないのが幸いだ。

森にいるのは男一人だけではない。

林立する木の間から、男めがけて矢を射すくめる敵の姿もあった。

闇夜に乗じて矢が男に飛来する。水縹色《みはなだいろ》の豪奢《ごうしゃ》な着物を翻し、器用にも次々に飛んでくる矢を避けた。しかしそれとて長くは続くまい。何せ罠《わな》だと承知の上でわざわざはまりに行った己には今現在、味方は一人しかいないのだ。

さてどうするか。

命の瀬戸際だというのに、男は至って冷静だった。

敵の人数が多すぎる。森の木立のどこに何人潜んでいるのか、皆目見当がつかないので、むやみに逃げ回るのは良くないだろう。切り抜けるのは容易《たやす》くはないが、さりとて死ぬ気はさらさらない。

ふと男の耳に、ザァザァと水が流れる音が届いた。崖下に流れる川の音か。

これだ。

男は迷わず崖から身を投げた。くくった長い黒髪が空中に尾を引きつつ、まっすぐに川へ下降する最中、木立の間から黒い着物の味方が出てきた。とっさに声を出す。

「追うな、下流で落ち合おう！」

追手の声も同時に聞こえた。

「──逃げたか！」

「──追え、逃すな‼」

背中に衝撃を感じ、ドボッと音がして、自分が川に落ちたのがわかった。

思いのほか深く、流れが急だった。それに着物が水を吸い、重い。落下中に脱いでしまえばよかったと後悔した。

川の水が氷のように冷たく肌を刺す。どんどん奪われていく体温に、死が間近に感じられた。

死ぬわけにはいかない。まだやるべき事がある。

それに、死ぬ前に──もう一度、温かい料理が食べたいとも思った。

第一章　天栄宮《てんえいきゅう》

一

　小屋の隙間から陽の光が差し込んでいた。

　紫乃《しの》は煎餅のように薄い布団から身を起こし、ぼんやりとしながら寝乱れた黒髪をかきむしる。

　真雨皇国《しんうこうこく》、屹然《きつぜん》。皇帝の住む皇都、雨綾《うりょう》にほど近い山間に、神来川《じんらいがわ》という名前の川が流れている。

　山は雨綾と西の大都市、光健《こうけん》を阻むようにそびえており、直線で行けば近いとわかっていても、その山道を使おうとする者はいない。

　山はそれほどまでに険しく、一度迷えばまず生きて出てこられない魔境であった。

　一説には険しすぎて猿すら住まないと言われているらしいのだが、確かにこの場所で紫乃が猿を見た事は一度もない。虎や猪《いのしし》ならば頻繁に見かけるのだが。

その山間、神来川の近くに、紫乃は居を構えている。掘建て小屋には部屋は一つしかない。板を張り巡らせた簡素な部屋の隅には囲炉裏。そして箪笥《たんす》がひとつだけ。しかし小屋には、妙に立派な調理場所――厨《くりや》があった。

紫乃は起き上がると、まず身支度を整えた。とは言っても、夜着から着替え、髪をくくるだけだ。紫乃の黒い髪は胸元まであるので、邪魔にならないよう後ろで紐《ひも》で縛る。瞳の色は紫色。これはどちらも母と異なる色合いで、紫乃としては母の燃えるような赤髪と透き通った緑色の目が好きだったのだが、残念ながらどちらも受け継がれなかった。受け継いだのは雪のように白い肌の色のみ。

季節は厳寒期を過ぎた頃合い。今年は雪が少なく暖冬だったので助かったが、とはいえまだまだ小屋にはあちこちから冷気が入り込んできて肌寒い。綿入りの半纏《はんてん》を羽織りたいところなのだが、料理の邪魔になるのでひとまずは我慢だ。

紫乃は朝餉《あさげ》の用意をしようと厨に立つ。するとからりと小屋の戸が開かれ、一匹の猫が入ってきた。白、黒、茶色のぶち模様の体に二股に分かれた尻尾を揺らし、首には籠をぶら下げている。

「おはよう、花見《はなみ》。おかえり。今朝は起きるの早かったんだね」

「おはようだにゃあ、紫乃。なんとなく目が覚めたから、狩りに行ってた」

猫又妖怪の花見である。

住処《すみか》が山の中の秘境中の秘境なので、自給自足が基本だが、花見が一緒に住むようになってからはいくぶんマシになった。花見は狩りができるので魚も肉も獲《と》ってきてくれるし、共に山を降りて里へと行き、花見が獲った獲物と里の野菜とを交換する時もあった。

「今日は虹鱒《にじます》が獲れたにゃあ」

「ありがとう」

「あとはいつもの、黒羽《こくう》からの」

「うん」

「それから川に、死人が流れ着いていた」

「うん？」

聞き捨てならない言葉を聞いた紫乃は首を傾《かし》げた。花見は猫の前足で戸の外を指すと、事もなげに言う。

「死人が川べりに打ち上げられていたにゃあ」

「ええ……」

紫乃は思い切り顔をしかめ、今しがた受け取った虹鱒の詰まった籠を置いた。

「死人が川にいたら、川の水が汚れて使いものにならなくなる。死体を処分しに行こう」

「ここはニンゲン的には、弔うっていう発想じゃないのかにゃあ」

「こんな山奥の川に流れ着く人間なんて、どだい普通じゃないさ。盗賊か追い剝ぎか、そういう輩《やから》じゃないか？」

「そんな風には見えなかったけど。ほら、あそこだにゃあ」

花見が先導し、死人の所へと案内してくれる。一目で川べりにうつ伏せて横たわるその死人が只者《ただもの》ではない事に気がついた。

身につけている着物は金糸銀糸がふんだんに使われており、その素材は絹であろう。

何よりも衣の色が、男の身の上を物語っている。

その色は——この国でごく限られた人間しか身に纏《まと》えぬ、高貴なる色、蒼《あお》。しかも男が着ていたのは薄く淡く、雨粒のように儚《はかな》い水縹色。これが意味するところを考えそうになり頭を振った。

今際《いまわ》の際《きわ》の母の言葉が脳裏によぎる。

『良いか、紫乃。もしもやんごとなき身分の人間に出会ったら、迷わず逃げるんだよ。その者はもしかしたら、お前の命を狙っているかもしれないから』

人っ子一人現れないこの地にそんな人間が来るものかと思っていたが、まさか本当になるとは。

指先がピクリと動くのを見て、紫乃は身構えた。

「花見、この男まだ生きてる。動いた」

「ありゃ。どうする？」

「放っておこう」

「にゃ？」

花見は虚をつかれたかのように、横たわる人物から目を離して紫乃を見た。

「見捨てるの？　ワテの時は助けてくれたのに？」

「花見の時とは状況が違いすぎる。関わらないほうがいい」

「あ、待ってにゃ」

そうして踵《きびす》を返《かえ》して歩き出そうとした、刹那。

右足首にヒヤリとした感触がして、ぐっと摑《つか》まれた。

「…………！」

「…………おい、待て。普通……助けるであろうが」

死人のように冷たい指であったが、存外力強い。

振り返ると、倒れていた人物が、川べりから紫乃の足首を摑んだまま睨《にら》み上げていた。

歳《とし》の頃は二十代半ばほどだろうか。

頭頂部で結った髪は庶民ではあり得ぬほど黒々としており、水に濡《ぬ》れて尚《なお》、艶《つや》やかでまっすぐ。

眼光は鋭く、宝玉のような紫色の目には生気がみなぎっている。川に流され続けたせいで唇の色が悪く、全体的に血色が良くないが、それを差し引いたとしてもキリリとした眉と通った鼻筋、そして薄い唇を有する、武人を思わせる精悍《せいかん》な顔立ち。すれ違えば老若男女問わずに振り返って見惚《みと》れてしまいそうな、こんな田舎では逆立ちしたってお目にかかれない迫力ある美貌だった。美貌の男は続けて声を発する。

「俺を……助けろ」

「チッ」

助けられるはずの立場であるその男に命令され、紫乃は思わず舌打ちをしてから男の手を振り解《ふりほど》こうと、足首を振った。しかし男の手はびくともしなかった。

「おい待て。助けろ。俺を誰と心得る」

「知らん。放せ」

逃げようとする紫乃の右足首を摑んだ男は、自力で川から這《は》い上《あ》がり、紫乃の肩をがっしり摑むと「俺を助けろ」と再び言った。子泣き爺《じじい》のようだった。突然体格の良い男の体重をかけられた紫乃は、「ぐえっ」と潰れた蛙《かえる》のような声を出す。

「っ結構、元気あるじゃないか……！」

「そんな事はない。体が芯から冷えて凍え死にそうだ。腹も減った。礼ならするから助けろ」

「助けられる立場のくせに、偉そうだな！」

「実際偉いのだから仕方あるまい。さあ助けろ、やれ助けろ。俺をお前の家まで連れて行け。介抱しろ」

「く、苦しい……！　わかった、わかったからやめろ、首が絞まる！」

助けろ助けろとやかましい男にとうとう根負けして、紫乃は叫んだ。傍らにたたずむ花見は一連の流れを見ながら、困ったように首を傾げて「にゃあ」と鳴いた。


小屋に戻った紫乃と花見、そして連れてくる羽目になった謎の男。男は板の間に上がるなり、腰に帯びていた立派な刀を置いて、ずぶ濡れになった着物を脱ぎ捨てた。途端、露《あら》わになるのは鍛え上げられた肉体。無数の傷跡はあるものの、致命傷のようなものは見られない。どれほどの時間川に浸《つ》かっていたのかは知らないが、今の季節特有の身を切るような冷たい水に晒《さら》されていたにしては元気そうだ。花見が言っていた「死人」という言葉にはまるで当てはまらないなと思った。囲炉裏の上に着物を干し、乾かしながら男が言う。

「代わりの着物を借りられるか」

「私の夜着しかないよ」

横柄な男に夜着を差し出す。受け取った男が袖を通すも、当然だが大きさが合わず手足がにょきにょきと飛び出ている。

「大きさが全く合わんな。男物はないのか？」

「ない。文句があるなら出ていけ」

「お前、言葉に容赦がないな」

「あいにく山育ちなもんで、都の作法も言葉も知らないんだよ」

男は紫乃の憎まれ口に構わずに、「手ぬぐいを貸せ」とさらに命じてきたので、紫乃は小屋にある中で一番汚い手ぬぐいを投げつけてやった。

「もはやこれは手ぬぐいというより雑巾じゃないか」

「お前なんてそれで十分だ」

「………………」

男は露骨に顔をしかめたが、紫乃は気にしない。渋々受け取った男は、髪をほどいてから雑巾のような手ぬぐいで水気を拭い始める。そうしながら、囲炉裏の前でじっとしている花見を見つめた。

「猫又か」

この言葉に反応したのは紫乃である。人間に化けている時ならばともかく、妖怪というのは普通の人間の目には見えない。

花見は男の言葉に動じずに、ゆらゆらと尻尾を揺らしてから首を傾げる。そしてにゃあと一声鳴いた。

「誤魔化さずとも、姿は見えている」

鋭い視線を投げかけられ、花見はててて、と歩いて男のそばまで近寄り二本足でゆらりと立ち上がった。

「にゃあ。良い眼《め》を持っているな」

「そうでないと、俺の仕事は務まらん。珍しいな、妖怪を手懐けているのか？」

「花見が自分からいてくれているだけだよ」

「だとすればより珍しい」

紫乃は男の言葉に取り合わなかったが、内心では動揺していた。

猫又妖怪の花見が見え、花見を見ても驚かず、そして貴色である蒼色の着物を着るこの男の正体とは。

(考えないようにしよう。着物を乾かし飯を食わせて追い出せばいい)

着物が早く乾くように、囲炉裏に薪をくべて轟々《ごうごう》と燃やす。勢いよく立ち上る火柱に男は慌てた。

「おい、着物に燃え移りそうだぞ」

「燃え移らないように、見張っていればいいじゃないか」

「お前な……」

「よし、これで早く乾くはずだ。とにもかくにも朝餉にしよう。用意してやるから花見と一緒に川で水を汲《く》んで来い」

水がなければ料理はできない。紫乃が水汲み用の桶《おけ》を二つ放ると、男は案外素直にそれを手に取った。

「猫又、お前猫の姿で水汲みをするのか」

「まさか」

花見は答えるなり、その場でくるりと宙返りをする。途端に姿を現したのは、緑と白の縦縞《たてじま》模様の着物を着て、桜色の帯を締めた、柔らかな茶色い髪を持つ儚げな美少年。ただし耳と尻尾が残っている。耳と尻尾付きの十歳ほどの子供に化けた花見は、水桶を片手に八重歯を見せて笑う。

「これならいくらでも水を汲めるにゃあ」

花見と共に男が小屋の外に水を汲みに行った。川を往復して小屋の中の水瓶《みずがめ》がいっぱいになったところで、紫乃は厨の前に立った。

——朝餉の時間である。

紫乃は母から料理の全てを教わった。野菜の刻み方、干し肉の作り方、魚の下処理やさばき方。心を込めて料理をすると、素材に命が吹き込まれ、食べる人に活力を与える。

丹精込めた料理を味わう時間は格別で、紫乃にとって料理とは己の全てと言っても過言ではない。

まずは、米を炊く。

かまどに薪をくべてから火を熾《おこ》すと、麦と米を混ぜたものを研ぎ、研ぎ汁を何度か捨ててから水を入れて羽釜で炊き込んでいく。

米を炊いている間が勝負の時間だ。

次は花見が獲ってきた虹鱒を調理する。

虹鱒をそっと掴むと、まずは素早く締めた。そして包丁で肛門《こうもん》からエラまで腹を開き、元来た道を戻るように包丁を動かしてエラと内臓を剝がす。血合いも包丁で綺麗《きれい》に取り除く。水に浸けて丹念に血を落とした。

口から串を入れ、虹鱒の身をくねらせるようにして尾まで串を穿《うが》つ。

それを花見が獲ってきた十五匹分作ると、あとは塩を振るのみだ。

もう一つ花見が持ってきた、黒羽からの籠を開けると、ぎっしりと調味料が入っていた。

紙に包まれたそれを一つ取り、かさりと開く。桜色の塩、抹茶色の塩など様々あるが、今日使うのはごく普通の塩。摘んで虹鱒の表面に多めに振る。

下準備が出来た虹鱒を持って、ぼうぼうといつもより炎が燃え盛る囲炉裏に向かい、灰の中に倒れないように深く突き刺した。

「ワテが焼けるまで見張ってるにゃあ」

「ありがとう、花見。今日はいつもより火が強いから、早く焼けるかもしれない」

焼けていく虹鱒を見る花見の二股に分かれた尻尾が楽しそうに揺れていた。

次は野菜だ。

鍋に水を張ると、昆布を入れて少々待つ。その後に火を熾して湯を沸かし、鰹節《かつおぶし》を入れてから昆布と共に出汁《だし》を取る。煮立ったらさっと上げて、鰹節はそのまま捨て去り、昆布は刻んで別の鍋にあけ、醤油《しょうゆ》と砂糖で煮つけた。

山菜と茸《きのこ》、昨日のうちに湯掻《ゆが》いておいた筍《たけのこ》。手早くまな板の上で均一に刻むと、鉄鍋の中へと落とし込む。ここに干してあった猪肉も入れて煮込みにする。

汁物は豆腐と山菜の味噌汁《みそしる》。

それから母直伝の、大根の漬物も添える。

紫乃は朝にたっぷり、夜はあっさりと食事をする。

そうする事で一日分の力を補給しているのだ。

一日二食。朝は豪華に一汁三菜、夜は質素に一汁一菜。

その生活を続けて、十六年。

母が亡くなり、花見と二人で過ごすようになってからは三年。

小屋の中にはまだ母の残り香があり、厨は特に如実だった。

病に弱った母は、「あたしが死んだらこの場所は打ち捨てて、里でも暮らすといいよ」と言ったけど、紫乃は結局山奥の小屋での暮らしを続けている。

母と共に過ごした場所に未練があるというのもあるが、山を降りて行きたい場所があるわけでもなく、どこに行けばいいかもわからない。一時期、「どこかの町の料理屋でも働こうか」と考えないでもなかったが、結局踏ん切りがつかずに山にとどまり続けていた。花見もいるし、寂しくないし、別にこのままでいいかという結論に至っている。

さて考え事をしているうちに米も炊け、朝餉の準備は整った。紫乃は板の間を振り返った。押しかけてきた男は囲炉裏でパチパチと音を立てて焼けていく虹鱒に夢中の様子だった。

「見よ猫又！　虹鱒が美味《うま》そうに焼けているぞ！　じゅうじゅうと皮が膨らみ、脂を滴らせながら焼けているぞ！」

「ワテが獲ってきたんだにゃあ」

「良い虹鱒だな、腹が空《す》いてきた。早く食べたい！」

紫乃はわいわい騒ぐ声を聞きつつ、お玉で汁物をすくうとそれぞれ椀《わん》に入れる。羽釜の蓋を持ち上げ、しゃもじで麦飯も茶碗《ちゃわん》に盛り付けた。全ての準備が整うと、くるりと振り向き愛想なく言う。

「……朝餉が出来た。心して食べろ」

するとと虹鱒を見て異様に興奮していた男は、眉尻を下げて苦笑を漏らした。

「愛想のない娘だなぁ」

「紫乃はいつでも、こんなもんだにゃあ」

花見がそんな相槌《あいづち》を打っていたが、紫乃は聞こえないふりをした。

膳の上には出来立ての料理が載っている。

熱々の麦飯。

豆腐と山菜の味噌汁。

昆布の煮物。

串焼きの虹鱒。

野菜と茸と猪肉の煮付け。

そして大根の漬物。

板張りの床に脚のついた膳を置くと、男の顔が喜びに輝いた。

「おぉ！　美味そうだな。しかも豪勢だ。こんな山奥で、かような料理が出てくるとは思っていなかった。おまけに湯気が立っている。出来立ての証拠だな！」

「そんなに喜ぶほどのものか？　普段もっといいものを食べているんじゃないか？」

「献立は確かに豪華なのだが、如何《いかん》せんいつも冷めた料理ばかりなのだ。しかしこれほ

「大した娘だ。ではありがたく頂くとしよう」

男は一人で喋《しゃべ》るだけ喋ると、箸を持つ前に両の掌《てのひら》を合わせる。紫乃も同じ姿勢を取った。

「雨神様の加護にて育った、この土地の食物を頂ける事に感謝を」

雨は乾いた大地に潤いを与え、恵みをもたらす。かつて「魃《ばつ》」という妖怪によって雨雲が遠ざけられ、日照りによって草一本も生えない不毛の地が広がっていた真雨皇国。魃を討伐し、雨を取り戻した初代皇帝を雨神様と呼び、食事の前に感謝の気持ちを捧《ささ》げるのがこの国の風習だった。妖怪である花見にはそんな習慣はなかったのだが、毎食紫乃が祈りを捧げるのを見て、今では祈りが終わるまで食事に手を付けるのを待ってくれていた。

男は祈りを終えると早速まだ湯気の立ち上る味噌汁から手を付けた。

椀の中の味噌汁を啜《すす》った途端、男の目が見開かれた。

「これは美味いな……！　出汁が効いている」

「当然だ」

母直伝の料理である。不味《まず》いと言ったらぶっ飛ばしているところだ。という言葉は、味噌汁と共に腹の中へと仕舞い込んだ。母に料理を教わった事を誰にも知られてはならない。これも母の遺言の一つだ。

炊き立ての麦飯を男は遠慮せずにかき込む。

「あぁ、この麦飯は美味いな！　炊き立ては久しぶりだ。これならばいくらでも食える。やはり米は炊き立てに限るな」

「………」

「お、虹鱒も美味い！　皮はパリッとしておるが、中の身はふっくらと焼けておる。塩の加減もちょうど良い。うむ、美味い」

美味い美味いしか言わない男は、食べるもの全てが新鮮だと言わんばかりであった。

紫乃は目を細めて男の所作を観察する。

豪快に食べているようで、優雅さと繊細さを兼ね備えた動き。

炊き立てが久しぶりという点。

温かな飯を食べられないとは一体どういう事なのか。

「飯と味噌汁、おかわりだ！」

「紫乃、ワテにもおかわり」

「はいはい」

あっという間に食べ終えた二人が、茶碗を突き出して紫乃におかわりを迫る。盛ったおかわりさえもすぐ食べ終えると、またもずずいと空の茶碗を差し出された。男と花見の視線がぶつかる。

「ぬ、猫又。よく食べるな」

「お前もよく食うニンゲンだにゃあ。遠慮しろよ」

「仕方あるまい、これほど美味い飯を食ったのは久々なのだから」

「わかる。紫乃の作る飯は美味い」

「ああ、美味いな。というわけでおかわりだ」

「はいはい」

押しかけ男は遠慮のかけらもなく凄《すさ》まじい勢いで朝餉を食べているが、しかし美味いと言われると悪い気はしないのが紫乃の悪い癖である。

丹精込めて作った料理を褒められて嬉《うれ》しくない人間などおるまい。そうして花見もいつの間にかここに居着くようになってしまったのだし、気づけば男に六杯もの味噌汁と麦飯のおかわりをよそってやっていた。

「ぷはぁ、ご馳走《ちそう》さん。いやぁ、美味かったよ」

都合何回おかわりをしたのか、途中から紫乃は数えるのをやめてしまうほどに男と花見は張り合うようによく食べた。そうしてやっと男は満足したのか、美しい顔立ちに良い笑みを浮かべて言う。

「お前たち……名は、確か紫乃と花見であったな。お前たちは俺の事を何も聞かんのか」

てろくでもない事態に決まっている。


「巻き込まれたくないから」

紫乃は心の底から言った。高貴なお方が川を流れてきた。そんなもの、どう考えたってろくでもない事態に決まっている。

「名前も聞きたくない。朝餉も済んだし着物も乾いた。一刻も早く出ていってくれ」

「つれないなぁ。こんないい男を目の前にして」

男は盛大なため息をついた。そしてずいと紫乃との距離を縮める。

「紫乃、花見。お前たちは俺の命の恩人だ。望むのであれば何でも与えよう。さ、遠慮はするな。言ってみろ。ん？」

無骨な手で紫乃の顎をすくいあげると、そのまま無理やり上を向かせた。思っていた以上に距離が近く、吐息すらかかりそうな位置に、滅多にお目にかかれない整った顔立ちが迫っている。紫乃と同じ紫色の瞳に、紫乃の顔が映り込んでいる。

「金か、屋敷《やしき》か、宝玉か。……そうだ、御料理番というのはどうだ。そうすれば俺は毎日お前の飯が食えるし、お前もこんな人里離れた荒屋《あばらや》から脱出できる」

「どれも要らない」

紫乃がキッパリと断ると、男の眉がピクリと跳ねる。気安い雰囲気が変わった。スッと細められた目には剣呑《けんのん》な色が宿っている。鋭い声が飛んできた。

「俺の好意が受け取れないというのか」

「甚だ迷惑な話だ。そもそも助けたというより、助けるよう強要されたというのが真のところ。私たちのためを思うなら、さっさと帰れ。さあ、出口はあっちだ。花見、客が帰るそうだぞ」

「はいな」

紫乃は男の手を振り払って立ち上がると、花見もそれに続いた。

「さ、お客さん。早く帰っておくんなし」

「おい、押すな」

見た目は完全にただの少年である花見に押されると、男は跳ねるように立ち上がった。

「さぁさぁさぁ」

「おい、待て、やめろ」

ぽんぽんぽんと花見が押せば、男の足が意志とは裏腹に勝手に動く。まるで不恰好《ぶかっこう》な踊りを踊っているかのようだった。

「では、もう二度と来るな」

ぽん、と押された右足が、紫乃が開けた戸から外へと飛び出す。まろび出たところに、男の持っていた刀と着物も放り投げる。そしてピシャリと戸を閉めた。

「……おい、開けろ！　おい!!」

ダンダンと乱暴に戸が叩《たた》かれ、小屋全体が軋《きし》んだ。しかし戸はびくともしなかった。

「開かない……妖術か」

しばらくガッタンガッタン音がしたが、諦めたのか戸を叩く音はしなくなり、やがて男の足音が遠ざかっていくのが聞こえる。

紫乃と花見は顔を見合わせた。

「助かったよ、花見」

「何、紫乃のためならお安い御用。でもちょっと、力を食った。にゃかにゃか手強《てごわ》い御仁、只者じゃあにゃい」

そう言った花見は、猫形態へと戻る。

「うん」

小屋の中でうずくまりながら、紫乃は同意した。

「これで諦めてくれるといいんだけど……とんだ目に遭ったよ」

「紫乃、今の誰か知ってたかにゃ」

「うん……」

うずくまったまま紫乃はこくりと首を動かした。

それは母から教わった、数少ない料理以外の知識。

「この真雨皇国で、蒼衣《そうい》を纏えるのは皇族のみ。その中でも最上級の水縹色の着衣を許されているのは……今代皇帝ただ一人」

たまに会う里の人々が傑物だと口々に誉《ほ》めそやす今代皇帝雨凱嵐《うがいらん》。川をどんぶらこと流れてきて「助けろ」と紫乃の首にかじりつき、朝餉をたらふく食べた人物は、この国で最も位の高い皇帝その人であろう。

花見はこてりと首を傾げ、肉球で自分の頬をぽふんと叩いた。

「それって……凄《すご》く偉い人にゃんでしょ？」

「凄く偉い人だね」

「小屋から追い出すような真似《まね》をして、よかったかにゃ？」

「………」

紫乃はすっくと立ち上がると、キリリとした顔で宣言した。

「花見、逃げる準備しよ」

もはやこの場所に未練を感じている場合ではない。逃げなければ、仮に男が兵でも率いて戻ってきて、不敬罪で捕らえられでもしたら、紫乃の命はないだろう。

国外逃亡待ったなしである。

二

「くそう」

紫乃の小屋から閉め出しを食らった凱嵐は頭をぐしゃぐしゃとかきむしり、諦めて放り出された着物を身につけて刀を腰にさしてから川沿いを歩き出す。

油断していなかった、といえば嘘《うそ》になる。何せ十年ぶりの温かい食事だ、腹が満たされ良い気分で少しだけ警戒が緩んでいた。

おまけに全身痛いし、夜通し川を流されたせいで体が芯から冷え切っていた。寒さの峠を越えたとはいえ、春と呼ぶにはまだ早い季節に長々と川を流されるのはさすがに体に堪《こた》える。罠だと承知の上ではまりに行ったが、思いのほか手強い相手だった。うかつだった、うぬぼれていたと認めざるを得ない。俺もここまでかと死を覚悟した瞬間、紫乃と花見が現れ、半ば強引に助けさせた。

天は俺を生かしてくれた。

あの時の紫乃はまるで天の使いのようであった。

冷ややかな態度と太々《ふてぶて》しい言動とは裏腹の心のこもった食事の数々は、疲労した凱嵐の五臓六腑《ごぞうろっぷ》に染み渡った。炊き立ての麦飯、均一に切られた美しい野菜、食べやすい大きさにこしらえられた干し肉、全ての具材が器に入るよう、計算し尽くされた盛り付け。

見事の一言である。

「まるでかつて天栄宮《てんえいきゅう》にいた御料理番頭《おりょうりばんがしら》、紅玉《こうぎょく》のようであった」

ポツリと呟《つぶや》き、それからうむうむとしきりに頷《うなず》いた。

「全く僥倖《ぎょうこう》であったな」

「何が僥倖ですと？」

はっはっは、と笑いながら歩いていると木の上から声が降ってきた。遅れて人も降ってくる。

「おぉ、流墨《りゅうぼく》」

黒い着物に身を包んだ男を流墨と呼び、凱嵐は喜びを露わにした。

「全く……わざわざ敵方の罠に飛び込んでいったかと思えば、案の定殺されかかってしまったじゃないですか。私がどれほど探し回ったと思っているんです」

「すまんすまん」

「陛下が死んだとあっては、国が荒れます。もっと御身を大切に考えなされませ」

「流墨はカタイな」

「陛下のお考えが柔軟すぎるのでございます」

「ここまで主君に意見する影衆《かげしゅう》というのも珍しい」

大股で歩く凱嵐の横を歩きながら、流墨は言葉を詰まらせる。凱嵐からすればただの軽口のつもりだったが、流墨にとっては一大事だ。凱嵐の言葉一つで己の命など軽く散る。しかし、だからと言って、気軽にほっつき歩く皇帝に苦言の一つや二つや三つ言いたくなるのも当然だ。

何せ罠だと承知の上ではまりに行く凱嵐は、護衛の一人もつけていなかったのだから。

崖から落ちた時だって、助けに行こうとする流墨を押《お》し留《とど》めたのも凱嵐その人だ。漆黒の闇の中、流されていく主君を見失った時には生きた心地がしなかった。

「時に、流墨。一つ調べて欲しい事が出来た」

「何でしょうか」

「この神来川のほとりに住む紫乃という人物についてだ」

「……この秘境に、人が？」

にわかには信じ難《がた》い話に流墨の顔が険しくなるが、凱嵐はああと気軽に頷いた。

「紫乃のおかげで一命を取り留めた。俺は、あの娘が欲しい」

「それはまた……とうとう陛下にも春がやって参りましたか」

「そうかもしれない」

あっさり認める凱嵐に流墨はギョッとした。膨大な妃《きさき》候補を抱えながら、決して首を縦に振らなかったこの美貌の皇帝陛下が、まさか険しすぎて猿も住まないと噂《うわさ》の屹然に住む田舎娘に執着するとは。打ちどころが悪く、錯乱しているのではないかと流墨は心配になった。

「まあ、聞け流墨。紫乃はただの田舎娘ではない」

そして凱嵐は助けられてから閉め出しを食らうまでのいきさつを話して聞かせた。

「なるほど……山の掘建て小屋に住みながらも、鰹や昆布で出汁を取り、目にも美しい料理を作る娘ですか」

「あぁ」

「確かにただの田舎娘ではなさそうですね」

　この国の民は、日々の食事でいちいち出汁を取る事などしない。切った野菜を鍋で茹《ゆ》で、塩を振って食べるか、味噌で煮込むのがせいぜいだ。おまけに紫乃の盛り付けは、どう考えても庶民のそれではない。

「一汁三菜……通常、庶民であれば一汁一菜がせいぜいなはずです」

「だろう？　しかも紫乃は、虹鱒と猪肉を惜しげもなく調理して出した」

「どちらも贅沢品《ぜいたくひん》……一度の食事に出す事はまずあり得ませんが、陛下に気遣ったのでは？」

「俺に水汲みをさせたり、小屋から追い出したりする娘だぞ？　気遣いなどせんだろう」

　凱嵐はキッパリ言う。

「まだあるぞ」

「なんでございましょう」

「…………」

凱嵐は紫乃が猫又妖怪を従えていた事を言おうとし、口をつぐむ。

古来より真雨皇国に存在する妖怪は、時に人をたぶらかし、時に人に手を貸す存在だ。強大な妖怪は天災と変わりなく、特にかつて真雨皇国を襲った魑や、それとは別の「四《し》凶《きょう》」と呼ばれる四匹の大妖怪は伝承上の生き物とされる存在だった。

首を振り、凱嵐は「なんでもない」と言ってから言葉を続ける。

「ともかく、只者ではないと言えよう。よって流墨、今より紫乃の見張りにつけ」

「ですが、陛下の御身は」

「俺は平気だ」

会話をしながら歩いていると、いつの間にか山を抜けて麓までやって来ていた。ガサガサと草をかき分け平野に出ると、そこには一面に幕が張られ、兵が詰めかけている。鎧《よろい》に身を包んだ兵たちは一様に右腕に藍鉄色の布を巻き、一人の兵は旗を掲げていた。

水縹色の旗には、初代皇帝であり雨神として讃《たた》えられている青霖《こうりん》の姿が金糸で縫われている。

――今代皇帝のみに仕える軍、蒼軍《そうぐん》が居並んでいた。

「陛下！」

「今代陛下！」

皆が一様にこちらを見て、膝をつき地面へと首を垂れた。平伏の所作に凱嵐が「面を上げよ」と言えば、一人の一際立派な鎧を身につけた兵が進み出て、凱嵐の前に跪《ひざまず》く。

「ご無事で何よりでございます。ご帰還を心よりお待ちしておりました。今回の事件の首謀者は、すでに陣中に捕らえております」

「よくやった」

鷹揚《おうよう》に頷いた凱嵐は、兵を見渡す。

「全員捕らえているか」

「それが、未《いま》だ二人ほど山中で逃げているようで捕らえられておらず」

「すぐに探せ。俺は空木《うつぎ》に会いに行く」

「はっ」

蒼軍大将の案内に従い、張られた水縹色の幕の内側へと進んで行く。

やがて最奥に位置する場所に、縄で縛られ地面に転がされている人物が一人。

「空木」

「くっ……凱嵐！　生きておったか！」

巨軀《きょく》の空木は頭から血を流しながらも憎々しげな顔つきで凱嵐を見据えている。

「鷹狩《たかが》りに誘われた時から、お前の仕組んだ罠には気がついていた。山に行くと同時に蒼軍を密《ひそ》かにこの場に来るよう命じておいたのだ。そんなにこの俺を皇帝の座から引きずり下ろしたいか」

「ぬかせ！」

空木の鋭い眼光もなんのその、凱嵐ははぁ、とため息をつくとしゃがんで目線を近づける。

「お前も馬鹿な男だな。白元妃《はくげんび》の言う事を聞いても得られるものなど何もないだろうに」

「白元妃様は何も関係ない。儂《わし》が勝手にやった事だ」

「そうか。それはこの後の調べではっきりするだろう」

言って凱嵐はそれ以上の興味を示さず、立ち上がった。

「見張りを絶やすな。決して逃すなよ」

「はっ」

幕の外に出た凱嵐は嘆息する。

「お疲れ様でございます」

「これで白元妃の尻尾を掴めると良いのだが」

「きっと上手《うま》くいくでしょう」

その慰めに、凱嵐は内心でどうかな、とこぼした。先代陛下の妃、白元妃は手強い。宮中に数多《あまた》の手駒を持ち、政にもするりと紛れ込ませてくる。凱嵐が帝位に就いた今でも白元妃の影は常にちらついており、凱嵐の命を奪わんと狙っている。

皇帝になって十年。宮中には未だ凱嵐の敵は多い。

「陛下！　今代陛下！」

「どうした」

と、そこに慌てたように飛び込んできた一人の兵。右腕からは血を流しており、鎧の至る所がボロボロであった。凱嵐が目を向けると、重傷でありながらも膝をついて地面に額を擦《こす》り付《つ》け礼の姿勢を取り、大声で言う。

「恐れながら申し上げます──屹然、神来川のほとりにて何やら怪しげな男と、巨大な荷物を背負った娘が兵と交戦中！　増軍をお願いします！」

「！」

心当たりのありすぎる人物像に、凱嵐は直ちに幕を出て現場へと向かうべく用意を整えた。

◇

少し前に遡る。紫乃は小屋中の荷物をかき集め、荷造りをしていた。

「ヨイショ……と」

「紫乃、それ全部持っていくの？」

「当然」

「無理だと思うにゃあ」

花見は白、黒、茶色の見事な三色に彩られた二股の尻尾をゆらゆらと揺らしながら、心配そうに紫乃を見上げた。

紫乃の背負おうとしている荷物は、紫乃の三倍ほどの大きさに膨れ上がっている。布から飛び出しているのは、鉄鍋やお玉、まな板、包丁といった料理道具ばかりだ。

紫乃の大切なものは料理に関するものだけであり、逆に言えばそれ以外のものには執着がない。紫乃は着物も一着しか持っていないし、装飾品の類も当然持っていなかった。

「母さんの形見だから、置いていけないよ」

「だとしてもだにゃ。梅干し壺《つぼ》は置いていくべき」

「これが一番大切なんだけど……」

「無理がある……」

花見が見つめる壺はしっかりした厚焼きの代物の上、ぎっしりと梅が詰まっているので非常に重い。細腕の紫乃が持ち上げるのは不可能である。

とはいえ、置いていくわけにはいかない。なぜならば紫乃が母とともに漬けた梅干しが入っているからだ。塩漬けした梅干しはきちんと作ると五年も十年も保つ。この梅干しは母と共に作った、思い出深い、紫乃にとって大切なものだった。作ったのは四年ほど前なので、程よく熟成されて今が食べ頃のものだ。梅がたくさん収穫できたので、たっぷり作って保存したのが懐かしい。「一緒に食べるのが楽しみだねえ」と言っていた母はもう、この世にいない。

「もう、心配するなら半分持って」

紫乃が苦言を呈すると、花見は硝子玉《ガラス》のように丸い目を細めて髭《ひげ》をピクピク動かした。

二本足で立ち上がり、その場でくるりと宙返りをする。

すると、花見の姿は三毛猫ではなく、またしても十歳ほどの少年の姿に変化した。が、その姿を見て紫乃は言った。

「もう少し大人に化けないと、この量の荷物は持てないよ」

「にゃ？」

「あと、耳と尻尾……やっぱりまだ残ってるよ」

「！」

そうだった！　と言わんばかりに目を見開いた花見は、「ニンゲンは難しい」と呟きつつも紫乃の指定した「大人」へと化けるべく、もう一度宙返りをした。

「これでどうだ」

「ばっちり」

指で輪っかを作った紫乃は、早速荷物の半分を花見へ渡す。二十代後半の男へと化けた花見は軽々と荷物を背負うと、紫乃と二人で川沿いを歩いた。

「どこへ逃げるかにゃあ」

「うーん、とにかく雨綾からは遠ざかりたい。山を抜けて光健に行って……できれば真雨皇国から出て、ひっそりと暮らそうか」

幸い料理の腕ならば自信があるので、どこかの茶屋か宿の厨房《ちゆうぼう》でも雇ってもらえるだろう。花見がいれば道中の野盗なども怖くないし、こっそり目立たないように生きれば、きっとあの男も紫乃の事などころりと忘れるに違いない。

「全く、厄介な事になったもんだ」

ブツブツと言いながら川沿いをしばらく歩いていると、花見が不意に動きを止めた。

「紫乃、誰か来る」

「誰？　あの男？」

「違う。……戦ってる」

「へ……」

紫乃が事態を把握する前に、花見が背負っていた荷物を放り捨てて軽やかに地を蹴った。

目にも留まらぬ速度で左腕を動かすと、空中で何かを掴んで着地する。

「矢……!?」

驚き目を見開く紫乃の耳に、男たちの怒声と刃物がぶつかり合う音が聞こえてくる。花見が警戒し、どうすればいいかわからない紫乃もひとまずじっとたたずむ。

やがて剣戟《けんげき》が止《や》むと、今度はガシャガシャという音と共に、崖の上から男たちがこちらを見下ろしてきた。武装した男たちは、兵士だ。

あ、やばい。どこかに隠れていればよかった。

そう考えても後の祭りである。

兵は紫乃と花見を指差すと、大声で怒鳴った。

「このような山間を歩いているなど、何者だ⁉　名乗れ！」

「………………」

紫乃と花見は目を合わせた。阿吽《あうん》の呼吸で、次の行動を示し合わせる。花見が放った荷物を背中に背負い直すと、二人で一直線に走り出した。

「待て！」

「紫乃、ひとまず岩に身を隠しながら走るにゃあ！」

「了解！」

追いすがる兵の言葉を頭上に浴びながら、なんて面倒な事に巻き込まれてしまったんだと内心であの男を呪った。

山間をひた走る、大荷物を持った普段着の紫乃と花見の二人組は、どう見ても普通の人間ではあり得ない。

そもそも猿すら住まない秘境中の秘境に若い男女がいれば、一体何事かと思うだろう。

しかもそれが、今代陛下が行方不明になった場所となれば尚更《なおさら》だ。

「怪我《けが》をさせても構わない、多少手荒でも捕らえろ！　空木の手下かもしれんのだ！」

空木って誰だと内心で思いつつも、紫乃は姿勢を低くして走るので精一杯だ。絶えず飛んでくる矢は、花見が全て防いでくれている。花見の俊敏な動きに兵たちは驚き、お陰様でますます二人を警戒してくる。

もう完全に敵だと思われてしまっていた。

「花見、大丈夫⁉」

「問題ないにゃあ！」

「何なんだ、あの男は……！　とても人間の動きとは思えない！」

兵の焦った声がして、そりゃ人間じゃないからねと紫乃は心で突っ込みを入れる。攻撃を防ぐ花見は背中に巨大な荷物を背負っており、そんな状態で一矢たりとも取りこぼさずに止めているのだから驚くのも無理はないだろう。

砂利まみれの足場の悪い河原を走る二人に追いすがる兵たち。今までは崖により分断されていたが、段々と高低差がなくなってきている。

やばい、追いつかれる。

さすがに至近距離で囲まれれば逃げるのは困難だろう。

「紫乃、梅干し壺を捨てれば紫乃くらい背負って逃げられるけど、どうかにゃ⁉」

「…………！」

どうするか。梅干し壺を捨てるのは惜しいが、捕まってしまえば元も子もない。考え焦る紫乃の脳裏に母の声がよぎる。

『紫乃、命が惜しいのであれば、決して高貴な方々に関わってはならないよ』

逃げなければ。

兵の腕に巻かれた蒼い布が目に入る。蒼い布を巻いているという事は即《すなわ》ち、皇帝に連なる兵という事だ。

逃げなければ。

母の教えに従って、とにもかくにも蒼い布を身につけた者たちから逃げなければ。

もはや「逃げる」という三文字のみが頭をぐるぐると巡っている。

足を動かし、ひたすらに兵を撒《ま》く事だけを考えて走り続ける。花見の声すら聞こえない。

その、刹那。

川と崖との高低差がほとんど零になった時、草むらからざっと蒼い影が飛び出してきて、紫乃の行く手を遮った。

「………！」

「よう、俺の兵を相手に何をしているんだ？」

つい先ほど助けたばかりの男、今代陛下、雨凱嵐その人のご登場である。


蒼い幕が張り巡らされた中央に、凱嵐は腰掛けていた。

そしてその前には、縛られて地べたに座らされた紫乃と猫の姿に戻った花見。ちなみに花見が猫の姿になると普通の人間には見えなくなるため、忽然《こつぜん》と姿を消した花見に妖怪が見えない兵たちは慌てふためいていたが、「放っておけ」と凱嵐が諭した。

凱嵐の目には二つに分かれた尾を持つ三毛猫の花見がはっきりと見えているからだ。

人払いがされており、この幕の内側には紫乃と花見、凱嵐しか存在しない。

問い詰めたい事は山ほどあるが、紫乃は口をつぐんでいた。さすがにこの状況で食ってかかるほど愚かではない。殺気立っていた花見を大人しくするよう説いたのも紫乃である。花見は警戒を解かないままに、一応はじっとしてくれていた。

「さて、数刻ぶりだな。薄々勘づいているだろうが、俺は真雨皇国の皇帝をやっている。名前は雨凱嵐」

やっぱりねと紫乃は納得し、同時にあの時なんとしてでも見捨てればよかったと内心で毒づく。関わってしまったがばっかりに、ろくでもない目に遭ってしまった。

紫乃の心の内が読めているのかいないのか、凱嵐は切れ長の瞳を細めた。

「お前たちが傷つけてくれたのは、俺の私兵で蒼軍という。蒼軍に歯向かうとは即ち、俺に楯突《たてつ》くという事。……この意味がわかるか」

「……逃げたら襲われた。先に手を出してきたのは、蒼軍の方だ」

「ほう」

凱嵐はおもむろに立ち上がると悠々と紫乃のそばへと歩いてくる。膝を立てて座ると、うつむく紫乃の顎に手をかけて上向かせた。またもこの男と強制的に視線を合わせる事態に、紫乃の眉間に皺《しわ》が寄る。

「お前は二度、俺に無礼を働いた。一度目は小屋から俺を放り出した時。二度目は蒼軍に楯突いた時」

凱嵐の声は刃のような鋭さを持って紫乃の胸をえぐった。隣で花見がフーッと威嚇の声を出す。

「だが、お前が俺を助けたのもまた事実。俺はこう見えて、寛大な皇帝として名が通っている。命の恩人にはそれなりの誠意を持って接する。その上で、問おう。

天栄宮に来て御膳所《ごぜんしょ》で働くか、この場で斬って捨てられるか……どちらでも好きな方を選ぶが良い」

質問の意味が紫乃には理解できなかった。一体何を言っているんだこの男はと思った。なので紫乃は、縛られた状態のまま至近距離にいる凱嵐をまっすぐに見据え、即答した。

「意味がわからない。どっちも嫌だ」

「なっ⁉」

「どっちも嫌だと言っている」

「お前……そこは、殺されるのは嫌だから、『天栄宮で働く』と言う場面であろうが⁉」

「殺されるのはもちろん嫌だが、だからと言って天栄宮で働くのも嫌だ」

素直すぎる紫乃の発言に凱嵐は呆気《あっけ》に取《と》られたようで、美貌の顔に間抜けな表情を浮かべて紫乃を見つめている。隣の花見が、先ほどの威嚇とは一転してにゃははと笑う。

絶句した凱嵐はしばらく肩を震わせていたが、次の瞬間、紫乃の顎にかけていた手を放し、かわりに腰をがばりと抱きまるで米俵のように肩の上に担ぎ上げた。

「あっ、何するんだ！」

「やかましい、俺はお前を天栄宮に連れ帰ると決めたのだ。お前は今より、天栄宮は膳所、御膳所御料理番頭だ！」

「なら、さっきの質問はなんだったんだ⁉ それに、何だその大層な名前の役職は！」

「お前の口から働くと言わせたかったのだ！ おぉい、誰ぞいるか。支度をしろ、天栄宮に帰るぞ！」

「私を置いていけ！」

紫乃の叫びを無視して凱嵐は軍に向けて帰還を促す。軍が慌ただしく動く物音がした。

凱嵐は幕の外に出て、無情にも紫乃を担いだままあれこれ指示を出し始めた。粗末な着物を着た小娘を肩に担ぐ皇帝という異様な光景を目撃した人々は、初め何事かと足を止めるが、しかし皇帝のやる事に口を出せるはずもなく、見て見ぬふりをした。あまりの気まずさにたまらず紫乃は足をばたつかせ、必死の抵抗をする。

「ちょっと、恥ずかしいから下ろして！」

「耳元で騒ぐな」

凱嵐は紫乃を下ろす気が全くないらしい。大勢の兵の間を悠々と歩いている。

もはや紫乃は、とにかく下ろして欲しいという気持ちでいっぱいだった。花見は後ろからついてきており、その顔には「どうしようにゃあ」と困惑する気持ちがありありと書かれている。

状況に流されるがままの紫乃は、何も知らない。

天栄宮というのは、皇帝の住む御所。

膳所は皇帝に供する食事や菓子を作る仕事場。

そして御膳所御料理番頭はそれらを束ねる役職である。

皇帝のための食の一切を引き受け、二百人超が働く御膳所にてわずか三人しかいない役職。当然失敗は許されず、皇帝の口に合わぬ食事を提供すると即座に首を刎《は》ねられる。たった一度食事を振る舞っただけで、紫乃は己でも知らないうちに凱嵐の胃袋を摑んでおり、決して逃げられぬ役職へと祭り上げられたのだった。

三

真雨皇国の皇都、雨綾。その地の高台に、広大な敷地《しきち》を誇る城が建っている。名を天栄宮。気の遠くなるほどの豪奢な作りの宮に向かって、今、雨綾の大通りを皇帝と蒼軍が悠々と馬に乗って通り過ぎる。

通りに集まった人々は一様にその場に膝をつき、頭を垂れて地面に擦り付け、真雨皇国で最も位の高い人物の帰還を歓迎した。

「どうだ、紫乃。圧巻であろう」

凱嵐は人々の間を抜けながら自慢げに紫乃へと話しかける。紫乃はげんなりして是とも否とも答えなかった。

(……何でこんな事に)

今、紫乃は一際立派な馬に乗る凱嵐の前に強制的に座らされていた。ちなみに紫乃の腕の中には花見が抱き抱えられている。つまり花見、紫乃、凱嵐の順番で馬に跨《また》がっているのだ。

「この俺が操る馬に乗れる名誉、光栄に思えよ」

「…………」

今すぐに降りて逃げ出したい。そう思う紫乃であったが、人質ならぬ物質《ものじち》を取られているる以上逃げるわけにはいかなかった。検分すると言って、母の形見である料理道具一式及び梅干し壺を取り上げられてしまっていた。返してもらうまでうかつに逃げるわけにはいかない。

「紫乃、ワテ、超偉くなった気分」

「花見はのんきだね」

「大丈夫、イザとなったらワテが紫乃と荷物を抱えて逃げるから。梅干し壺は……無理だけど」

「ありがとう、頼りにしてる」

「おいお前ら、筒抜けだぞ」

紫乃がぎゅっと花見を抱き抱える手に力を込めた瞬間、頭上から凱嵐の声が降ってきた。

「これだけの民衆にかしずかれて、何が不満だ？　俺の腕の中で馬に乗れる人間なんぞそうはおらんぞ。どのような娘であれ、一度は夢見る光景だ」

「はんっ。私にとってはどれもこれも迷惑なだけで、ちっともありがたくなんかないね」

紫乃は凱嵐の言葉を鼻で笑った。さっさと逃げて、それで終《しま》いだ。隙を見て絶対に逃げ出してやると心に固く誓っている。

「……つくづく変わった娘だな」

「お前こそ、変わった皇帝だ」

何せ田舎娘一人を逃さないように自分の馬に乗せるのだから。

穏やかでない馬上でのやりとりを交わしつつ、皇帝の一行は天栄宮の門をくぐった。

「無事のご帰還を心よりお喜び申し上げます、陛下」

馬を降りても紫乃の身柄は解放されない。凱嵐に首根っこを摑まれたまま、半ば引きずるように天栄宮の門の内部へと連れられた紫乃は、そこにずらりと居並ぶ人間の数にまたもギョッとした。皆一様に額を擦り付けて地面にひれ伏している。

凱嵐は視線を動かすと最前列にいる初老の男に声をかけた。

「賢孝《けんこう》はどうした」

「ただいま手の離せない案件にかかっておりまして」

「そうか。終わり次第、罪人の取り調べに立ち会うよう伝えておけ。それから、大鈴《だいりん》を呼べ」

「はっ」

その場でたたずむ凱嵐と、凱嵐が握りしめる紫乃に、皆が地面に擦り付けた顔から密かに好奇の目を寄せているが、誰も何も言わない。

「紫乃、凄いにゃあ。無駄に豪華な作りの建物が超いっぱい。ワテ、こういう場所に入んの初めて」

花見は紫乃の腕の中でぐるぐる首をめぐらせながら、興奮したように言った。結構俗っぽい妖怪だなぁと紫乃は思った。二股に分かれた尻尾がゆらゆらと揺れている。

やがてパタパタと足音がして、一人の女が急いでこちらに向かってきた。

二十代前半ほどの長身の女で、右目の下には黒子《ほくろ》、ぷっくりとした赤い唇。長い黒々とした髪を一本に結び、先を丸めて輪をこしらえ玉結びにしている。着物の上からでもわかる豊かな胸と細い腰が特徴の色気のある女だった。女は凱嵐の前で、やはり膝を折って頭を擦り付ける礼の姿勢を取る。

「無事のご帰還、お喜び申し上げます。お呼びでございますとか」

「この娘の面倒を見てくれ。今日から御料理番頭に任命した」

「……今日からでございますか⁉」

「そうだ。伴代《ばんだい》には職を明け渡すよう言っておけ。身なりを整えさせ、御膳所でのあれこれを教えろ。今日の夕餉《ゆうげ》はこの娘が作った料理を出せ」

「かしこまりました」

相当な無茶振りをされているはずなのに、大鈴と呼ばれた女は二つ返事で快諾する。

「よし、行け」

「うっ」

凱嵐に押されて紫乃はつんのめった。振り返って睨みつけると、美貌の顔立ちに余裕《よゆう》綽々《しゃくしゃく》の表情を浮かべている。

「今日の夕餉、楽しみにしているぞ」

「………………」

「さ、御料理番頭様、参りましょう」

大鈴がそっと紫乃に頭を下げる。

均一にならされた石畳の上、蒼塗りに金銀の装飾があちらこちらに施されている絢爛《けんらん》豪華《ごうか》な御殿群の中を縫うように歩きながら、紫乃は考える。

どうやって逃げ出そう。荷物は検分しておかしな物がなければ返してやると言われているが、それがいつになるのやら。「やたら重い」「何だこれは」と言いながら梅干し壺が運ばれていくのを、紫乃は涙目になって見送るしかなかった。あぁ、あの梅干しは母が作った最後のものなのに……ほじくり返されて使い物にならなくなったらどうしてくれよう。

早急に逃げ出す手段を考えなくては。

今日の夕餉を出さずにすっぽかせば、怒った凱嵐に放逐されるかもしれない。そうすれば一緒に荷物も放り出してくれるのではないか。

そうだ、それがいい。

紫乃は結論に至り、少しだけ先が明るくなった。

そうと決まれば簡単だ。自分は何も作れないで押し通す。大体、紫乃の作った料理が皇帝の口に合うはずがない。先に振る舞った料理はあれだ、きっと弱った心に染み渡っただけなのだ。非常事態に命を助けられ、ちょっと感動しすぎただけだ。きっとそうに決まっている。

少し冷静になれば凱嵐とて、「俺はなぜこんな田舎娘を連れてきたんだ」と考えるだろう。

なのでなんの問題もない。よしよし。

「……何を笑っておいでですか、御料理番頭様」

思考に没頭していた紫乃に怪訝《けげん》そうな声がかけられた。

はっと我に返ると、前を歩く大鈴が振り向いて紫乃を見つめている。困惑顔だった。

「紫乃」

「はい？」

「名前は、紫乃」

「では紫乃様」

「様は要らない。紫乃でいい」

「ですが……御料理番頭といえばわたくしの上司にも当たる役職。呼び捨てはできません」

「御膳所で働いているの？」

「はい。御膳所の給仕番まとめ役、大鈴と申します。以後お見知り置きくださいませ、御料理番頭、紫乃様」

「いや……あの、御料理番頭ってどんな役職なの？」

異常に丁寧な所作と言動で紫乃に接する大鈴に、思わず問いかけた。たかだかいち料理人に、どうしてこうも慇懃《いんぎん》な態度をしてくるのか。

するると大鈴は長いまつげに縁取られた瞳をくわと見開くと、「まぁ」と言ってから説明をする。

「御料理番頭といえば、御膳所で働く二百人の頂点に君臨する役職。その指示は絶対で、料理の腕はもちろん陛下からの信頼も厚い者でなければ務まりません。夕餉の御料理番頭は長らく伴代様が任されておりましたが、この急な交代命令、さぞかし紫乃様の腕が優れているに違いありません」

紫乃は大鈴の説明を聞いてめまいがしそうになった。

「……料理を作る人間が二百人もいるのか？」

「正確には、料理番は六十人でございます。朝昼夕、三人の御料理番頭の命令に従い調理の補助をする人間。それから毒見番が二十人。調達番という、食料の調達を一手に引き受けている者が三十人。あとは城に来た食材を蔵に運んだり、井戸水を汲んだりする力仕事の運び番が四十人。そしてわたくしの仕事でもある食事の配膳、下膳をする給仕番が二十人。その他に諸々《もろもろ》の雑事を引き受ける小間使いが三十人ほど。各役割の人々が交代で働いております。これが御膳所で働く人々の全てでございます」

大所帯。

あまりにも大所帯すぎる。

想像を遥《はる》かに超えた御膳所という場所の規模の大きさに、紫乃は絶句せざるを得ない。

「ちなみにこの御膳所は皇帝陛下お一人のために料理を作る場所でして、その他に元皇后様の白元妃様のためにお料理を作る奥御膳所や、使用人のための炊き出し場などもございます。宮中にのぼるお役人様は、弁当持参でやって参ります」

「たった一人のために……二百人？」

「左様でございます」

めまいがしてきた。

どんな場所なのだ。

恐ろしすぎる、天栄宮。

身震いする紫乃に気づいているのかいないのか、大鈴は「さ、使用人の宿舎に着きましたよ」と告げた。

その使用人の宿舎とやらも、紫乃の住んでいた小屋が五十は入りそうなほどの大きさである。

「ささ、早くお支度をしなければ。夕餉の時間まで、あと三刻《六時間》しかございません。やる事は多うございますよ」

三刻もあれば十分すぎると思うのだが、紫乃の考えと大鈴の考えはどうやら大きく異なっているようだ。

宿舎に入った大鈴は紫乃を浴場へと案内すると、自分は頭を下げて「では諸々の用意をして参りますので、ごゆっくりどうぞ」と言って去っていってしまった。

◇

「これ着るの？」

「左様にございます」

「………」

「趣味に合いませんでしたか？」

「いや、趣味とかっていう問題じゃなくて……豪華すぎる」

浴場から上がると、すでに大鈴が脱衣所にて紫乃を待ち構えていた。「さあ、こちらにお召し替えを」と言って差し出された柿色の着物は、柄こそは素朴ながらも明らかに上質な素材である。

「とはいえ、御膳所で働く者のお召し物といえばこちらと決まっておりますので……わたくしも同じものを着ていますでしょう？」

「そうだね……」

「それから、こちらの帯をどうぞ」

言って手渡された帯は——鮮やかな藍色だった。ニコニコとしている大鈴が言葉を続ける。

「宮中で働く人間で、蒼に連なる色を身に纏うのを許されているのは、上級役職の者のみなのでございます。大変名誉な事にございますよ」

真雨皇国で貴色とされる蒼系統の色、それを身に纏えるほどの役職を自分は与えられたのか。

今更ながら事の重大さに気がついた紫乃は内心で毒づく。

（あの野郎、なんて事してくれやがったんだ）

やはり川から奴が流れてきた時、見捨ててさっさと家へ帰ればよかったと激しく後悔した。しつこすぎてつい助けてしまったが、花見に言って川に再び放り込んでもらえばよかった。しかし時すでに遅し。紫乃は凱嵐を助け、朝餉を振る舞った結果、なぜか天栄宮に召し抱えられ上級役職に就く事になった。

「それから、こちらの札を肌身離さずお持ちくださいませ」

渡された木札には凝った装飾が施されており、真ん中に「御膳所御料理番頭　紫乃」と書いてある。

「これは？」

「紫乃様の身分証にございます。急ぎ作らせました。天栄宮から出入りする時はもちろん、天栄宮の中の各建物に入る時にも見張りに見せる必要がございますので、無くさないようにしてくださいませ」

「いちいち身分証を見せるの？」

「左様にございます。天栄宮は陛下のおわす場所。不届き者がいないか確かめるための手段にございます」

「なるほど」

まあ、すぐに返す事になるだろうけどと思いつつ、紫乃はひとまずそれを懐へと仕舞い込んだ。

「御膳所は隣の建物にございます。厨は三つありまして、朝昼夕、それぞれの御料理番頭用にあてがわれています。紫乃様の職場は、夕餉用の厨になります」

「わざわざ食事ごとに厨があるの？」

「はい。まあ、大袈裟《おおげさ》と初めは思うでしょうけれど、すぐに理由はおわかりになると思います」

厨など、一つあれば十分ではないだろうか。

意味のわからない世界すぎて呆然《ぼうぜん》としながらも、横を歩く花見に「紫乃、しっかり」と声をかけられて、紫乃はようやく我に返った。

広い広い天栄宮内を大鈴の後について歩いていくと、建物に入りすぐに立ち止まる。

「この角を曲がったところですが……急に降格を命じられた伴代様が荒ぶっているかと思います。どうか、お覚悟を決めてくださいませ」

言って大鈴がそっと足を進める。大きな両開きの戸が開け放たれており、辺りにいい匂いが立ち上っている。

そして戸をくぐって足を踏み入れると、細長い廊下を挟んで戸が四つ並んでいた。そのうちの一つを大鈴が引いて開くや否や――びゅっと紫乃の眼前に湯呑《ゆの》みが飛んできた。

「にゃっ！」

紫乃の前にビョンと飛び上がった花見が前足を伸ばし、湯呑みを叩き落とす。カシャーンと音がして湯呑みが木っ端微塵《こっぱみじん》に砕け散った。

危ない。花見の俊敏さがなければ、湯呑みは確実に紫乃の顔面にぶち当たっていただろう。

「大鈴！ その娘が新しい御料理番頭だっつうのか⁉」

続いて飛んできたのは、鋭い怒号だった。大鈴は紫乃の前に立ち塞がる花見のさらに前に出て、紫乃をかばう。

「伴代様、お見苦しいですわよ。降格されたからといって新しい御料理番頭様に当たり散らすなどと」

「ウルセェ！ 俺は認めねえぞ、まだ小娘じゃねえか！」

怒鳴り散らす伴代という男が気になり、紫乃はそっと大鈴の背中から顔を覗《のぞ》かせた。

（意外に若い）

二百人の頂点に立つ一人だというから、さぞかし年季の入った人物なのだろうと思っていたが、思いのほか若そうに見える。三十代半ばといったところだろうか。頭に手ぬぐいを巻いた伴代はキリリとした顔立ちでなかなかに男前だ。紫乃と同じ藍染の帯を締め、柿色の着物と白い前垂れを身につけている。大鈴が怒気を含んだ声で咎《とが》めた。

「伴代様、その帯はもうお外しくださいと申したはずです」

「大鈴、テメェ何考えてやがる。こんな小娘が、俺の代わりに御料理番頭になるだと⁉

冗談もいい加減にしろよ！」

「これは凱嵐様の命にございます！」

「はっ……陛下の気まぐれに付き合ってられるか」

「伴代様！　不敬にございますよ！」

「ここにいる皆、そう思っているさ。なぁ？　誰かこの中で、俺の代わりにみすぼらしい小娘の下につきたいと思っている奴はいるのか」

広い厨を見回しても、誰も首を縦に振る者はいなかった。

当たり前だと紫乃は思った。

突如現れたどこの馬の骨ともわからない小娘に、今まで従事してきた職を明け渡せと言われたら誰でも怒るだろう。

しかし、これは好機じゃないか？

このまま誰も紫乃の味方をしなければ、当然料理を作るどころではない。

夕餉が出なければ凱嵐は怒るだろうし、ついでに紫乃を見損なって宮中から放り出すに違いない。

そうすれば紫乃は再び穏やかな生活に戻れるし、伴代も元の役職に戻れる。

万々歳だ。

実際には紫乃が夕餉を出さなければ放逐されるどころか、不敬罪で首を刎ねられてもおかしくないのであるが、そんな事は紫乃は知らない。

（よしよし、ここは私も伴代さんの味方をして、「その通り」と言おう）

しかし紫乃が口を開く前に、大鈴が激昂《げきこう》した。

「陛下の命令は、守るべき絶対！　陛下が命じたのですから、紫乃様は伴代様を上回る料理の腕をお持ちに違いありません！」

「なんだと、このヒョロい娘が俺より美味い料理を作るだと⁉」

伴代の青筋がブチっと音を立てるのを、紫乃は確かに聞いた。

紫乃に指を突きつけると、唾を撒き散らしながら叫ぶ。

「そんなわけねぇだろ！　大鈴、テメェ剛岩《ごうがん》からの陛下の古株だからって、調子に乗ってんじゃねえぞ！　俺は先代夕餉の御料理番頭……紅玉様より直々にこの役職を指名されたんだ！」

「……何だって？　紅玉？」

紅玉の名前に反応し、これまで押し黙っていた紫乃はポツリと伴代に問いかけた。顔を真っ赤にした伴代は、ぎろりと紫乃を睨んだ。その迫力たるや、山の中で出会う虎と同じくらいに恐ろしい。花見が紫乃の足元でシャーっと威嚇した。

「そうだ、かつてこの御膳所で『伝説の御料理番頭』と呼ばれたお人、紅玉様！　紅玉様は俺に夕餉の厨を託してくださったんだ。だから、テメェのような奴にこの神聖な厨を汚されたくねえんだよ!!」

紅玉。

紫乃にとって馴染《なじ》みのありすぎるその名前に、混乱した。

伝説の御料理番頭？

そんな話は、一切聞いた事がない。

ただ料理が好きなのだと……。快活に笑いながら料理をする姿しか、知らない。

紫乃はしばし思考に耽《ふけ》っていたが、伴代が地団駄を踏み鳴らす音で我に返った。

「どうした、ぼうっとしやがって！　さっさと出ていけ、その薄汚え手で一体どんな料理が作れるっていうんだよ、宮中作法の何も知らない奴が!?　どうせ食えもしねえ木っ端が浮いた雑炊くらいしか作れねえくせに！」

紫乃の肩が、跳ねた。

紫の瞳は鋭く、その瞳に宿る意志は強い。

「誰が雑炊しか作れないって？」

「テ……テメェに決まってんだろう！」

紫乃の料理を侮辱する。それは紫乃の逆鱗《げきりん》に触れる言動だった。

（私の料理を馬鹿にする人間は、誰であろうと許さない）

ものの数秒で考えが変わり、紫乃は決意を口にする。

「伴代、私が雑炊しか作れないかどうかは、私の料理を食べてから言ってもらおうか」

「なんだとぉ⁉」

「作ると言っている。私が、今から皇帝の夕餉とお前の食べる分を作ってやるよ」

紫乃の放った挑戦的な言葉に、厨中が一瞬静まった。伴代は片眉を吊《つ》り上げ、腕を組んでから唇の端を持ち上げて笑う。

「はっ……陛下の分と俺の分を作るたぁ、随分大きく出たな」

「二人前を作るくらいどうって事ない」

伴代はプッと吹き出してからゲラゲラと笑った。

「これだから、何も知らねえ田舎者は！　いいか、陛下に出すものと言ったら、毒見がつきもの。二人前できくわけがねぇだろ。十人前だよ！　陛下一人の夕餉に、十人前。それに俺の分を合わせて十一人前！　そんな量、お前に作れるのかねぇ？」

言われて紫乃は虚をつかれた。

まさか凱嵐一人の食事のために、十人前も用意する必要があるとは思ってもいなかった。

しかし、ここで首を横に振る事はできない。やると言った手前、紫乃はやらなければならないのだ。

結構負けず嫌いな紫乃は、ふんと鼻から息を吐く。

「余裕だ。食料蔵はどこだ？」

厨中が唐突な喧嘩《けんか》の売り買いに呆気に取られ、見守っていた。とりあえずこの場での唯一の味方っぽい大鈴と目が合ったので、問いかけてみる。

「あ……こちらにございます」

我に返った大鈴が厨を出るよう促すのでついていく。閉じた厨の戸越しに、控えめな会話が聞こえてきた。

「よろしいんですか、伴代の兄貴」

「好きにさせろ。どうせクソまずいもんしか作れねえんだ。床にぶちまけて笑ってやろうじゃねえか」

（今にみていろ）

奥歯を噛《か》み締《し》め、胸の中で毒づく。もはや逃げる算段をつけるのすら忘れ、今の紫乃は絶対に伴代をぎゃふんと言わせてやるという思いのみが支配していた。

廊下に面した戸の一つが食料蔵だった。

中に入ると天井まで積み上がった食物の数々。蔵自体も広々として圧巻の大きさであったが、保存されている品々も見事だった。

米に始まり魚、肉、野菜、果物に至るまできちんと分類されて棚に入っている。氷室から取り出してきたであろう氷によって、食物が傷まないよう注意を払って保存されていた。

出汁を取るための鰹節に昆布、調味料は醤油、味醂《みりん》、味噌、煎り酒、塩や砂糖と豊富に取《と》り揃《そろ》えられていた。

（お、抹茶塩）

桐《きり》の箱を手に取ってぱかりと開けてみると、目に鮮やかな緑の粒子が入っている。

「それは雅舜《がしゅん》王国より友好の証《あかし》に贈られてきた大変貴重な塩であるとか……祝時や貴賓がいらした時のみに使うと聞き及んでおります」

「あ、そうなのか」

言われて紫乃は蓋を閉める。

（文に書いて頼めば黒羽は持ってきてくれてたけど）

そうだ、黒羽。

黒羽は紫乃の家に麓の村里では手に入らない調味料や食材を届けてくれる人物で、直接姿を見た事はないが、紫乃が生まれた時から世話になっている人物だ。いつも家の裏の木に木の杭《くい》とともに竹籠をくりつけてくれており、必要なものを文に記してその木にくりつけておけば次回に持ってきてくれる。不思議なのは、その木の杭を必ず燃やせという指示が来る事だったが、紫乃も母も言われた通りにしていた。

母が病に臥《ふ》せった時も色々な薬を持ってきてくれ、亡くなった後も今までと変わらず差し入れをしてくれていた。

凱嵐が来たので慌てて家を飛び出し、そのままなりゆきで天栄宮に来てしまったけど、急にいなくなれば驚くだろう。

手紙でも書き残してくれればよかったなぁと思いながら、蔵の端に目を留めた。

「瓶がある」

「それぞれの御料理番頭様が漬け込んだ、漬物が入っている瓶にございます」

「なるほど……」

大鈴の説明に紫乃は気づく。

漬物は食事に必須だ。これが膳にのぼらないと始まらない。しかし、これは紫乃の漬けたものではないから、蔵にある瓶のものを使うわけにもいかないだろう。

紫乃が天栄宮に持ってきた漬物は梅干しのみだ。あれを出すしかない。

足元で花見がニャアと鳴く。

「梅干し壺、探して持ってこようか？」

花見の提案に紫乃はこくりと頷いた。

「任せとけ」

二本足で立ち上がり、前足でポンとふさふさの胸元を叩いた花見は、二股に分かれた尻尾をふりふりしつつ蔵から出ていく。

　梅干し壺は花見に任せるとして、紫乃は何を作るか考えよう。

「ん、鶏卵がある」

「はい。今朝は良い卵が手に入ったと、調達番が喜んでおりました。伴代様も、今宵《こよい》は鶏卵を使った料理にしようと。卵料理がお得意な方ですので……と」

　言って大鈴は指先で自分の唇を押さえた。

「伴代様のお話は、ようございましたね。失礼いたしました」

「いや、そうでもないよ」

　卵を握った紫乃は、口の端を持ち上げた。

「私も、卵料理は得意なんだ」

　普段は朝餉に一汁三菜、夕餉は一汁一菜と決めている紫乃であったが、今日ばかりは腕によりをかける。何よりこんなに豊富な食材を見せつけられては、紫乃の腕も疼《うず》くというものだ。

　いつもは花見も入れて三人前だった。

　しかし、侮るなかれ。

　この三人前も……普通の三人前では断じてなかった。

(作ってやるよ、十一人前)

母に教わった料理の腕前、とくと見せつけてやろう。

「大鈴、厨に食料を持っていくのを手伝ってくれるか？」

「はい、もちろんでございます」

「ありがとう」

献立を頭の中で組み立てた紫乃は、大鈴に必要なものを指示していく。一人で持っていくとなると何往復もしないといけないので、大鈴がいてくれてありがたい。普段であれば花見にお願いするところだが、今は梅干し壺を発見するという重要な役目を任せているので頼るわけにはいかない。

本日作るのは、御膳料理。

飯、汁、香の物になます、平《ひら》、そして焼き物。飯と香の物は数に数えないので、一汁とおかず三皿で三菜だ。

香の物は漬物、なますは和《あ》え物《もの》か酢の物、平は煮物、焼き物は焼き魚など。

紫乃は目を瞑《つぶ》り、母の言葉を思い出す。

（基本は全て一汁三菜。けれど相手の好みや旬のもの、その日に採れた食材に応じて品数を増やすのは問題ない。……一汁五菜にしよう）

一汁三菜にさらに坪と猪口《ちょく》を加えたものが一汁五菜。

坪は煮物。猪口は小皿料理。坪で紫乃の得意とする卵料理をつけようと考える。

（まずは下ごしらえ）

野菜を刻み、魚の臭みを取らなければ。

厨の後ろには伴代率いる夕餉担当の御料理番十一人が、ニヤニヤしながら紫乃の料理をする様を見つめていた。

「さて、どのくらいで音を上げるか」

「敬語も使えない田舎娘の料理だ、食えたもんじゃねえさ」

「野菜っくずに米を入れた雑炊が出てきたって驚かねえぞ」

わざと聞こえる声量で悪口を言われても、紫乃の耳にはもはや届いていなかった。

料理に向き合う紫乃の集中力は、凄まじいものである。

素材の一つ一つを見極め、どのような料理がふさわしいかを瞬時に判断していく。

三つの時には包丁を握り、八つの時には母の料理の全てを覚えていた。その経験が、知識が、紫乃が次に何をすればいいのかを教えてくれる。

周囲の雑音が聞こえなくなり、包丁の音のみが耳に聞こえる。

紫乃の真剣な表情を間近で見守る大鈴が、ごくりと喉を鳴らした。

四

「梅干し壺、梅干し壺」

一方その頃、花見はててててーっと軽快な足取りで天栄宮の中をうろついていた。

「しっかし、広いにゃあ」

天栄宮は広大な敷地を誇っている。御殿一つとっても、とにかく廊下が長く部屋数が多い。

その御殿も一つではなく数多存在しているようで、油断していると迷い猫になってしまいそうだった。

「ま、ワテにとっちゃあ大した事にゃいけど」

何せ花見は五百年生きる妖怪である。真雨皇国の方々を渡り歩いていたし、こんな宮殿くらいどうって事はない。

ふんふふふーんと鼻歌を歌いながら進みたい気分であったが、花見には重要な使命があるので気を引き締めなくては。

「紫乃の大事な梅干しの壺……！」

紫乃の漬ける梅干しや漬物は、美味い。漬物以外の全ての料理も美味いのだが、漬物がなくては米が食えないと断言できるほどに、漬物の役割は重要である。

紫乃に拾われる前の花見の食事といえば、もっぱら生肉だったのだが、一度紫乃の料理を食べてしまうともうあの味気ない生活に戻れる気はしない。

美味い美味いとたらふく食べる花見を、紫乃と紫乃の母はニコニコしながら見つめていた。

孤高の一匹猫又妖怪を貫いていた花見であったが、紫乃の食事を食べているうちに気づいたら調伏されていた。料理で調伏される妖怪など、己以外に存在するのだろうか。しかし己の気持ちに正直な妖怪、花見としては紫乃の作る料理を食べて暮らしたいので、別段不満はない。

というわけで、梅干し壺だ。

すでに一刻は探し回っているのに、全く見つかる気配がない。まあ探しているのは梅干し壺なので、時間ギリギリに持っていっても問題ないはずであるが、引き受けた手前見つからなければ洒落《しゃれ》にならない。

ここは、無闇に探すのをやめよう。

花見は立ち止まり、廊下の端にチョンと座り込んだ。

背筋をスッと伸ばして耳をすませる。ちなみに三毛猫の花見は右耳が茶、左耳は黒い毛が生えていた。二股に分かれている尻尾も同じく茶色と黒色だ。耳から右目にかけて茶色、左目にかけて黒色で、残りは白色。それが体全体も同じく斑《まだら》な模様を描いている。

神経を研ぎ澄ませていると——花見の耳に様々な音が聞こえてきた。

天栄宮は人が多い。雑多な会話に混じり、自分に必要な情報のみを拾い出す。

すると、聞こえてくる。

「――全く、凱嵐様もお人が悪い……こんな調理道具を検分させてどうするんだ？」

「にしてもこの鉄鍋、異様にでかくないか」

「一体何人前作れるんだ……御膳所の厨で使っているのと同じほどの大きさだぞ」

「こっちには貴重な調味料の数々が入ってる」

「おい。こっちは梅干し壺だ」

見つけた、と花見は思った。口の端を持ち上げると、鋭い牙が剝《む》き出《だ》しになる。硝子玉のような目を爛々《らんらん》と輝かせ、場所の目星をつけた。

「ここから……そう遠くないにゃ。廊下を三つ越えて、角を四つ曲がった先の御殿。にゃるほど」

ぺろりと口の周りを舐《な》めると、ググッと体を縮こまらせる。そうして後ろ足で思い切り跳躍して、目的《い》の場所を目指した。

猫の身体能力を活かして宮中を疾駆していく花見に目を留める者は誰もいない。人間形態の花見は視認できるが、妖怪形態の花見が見えるのはごく一部の人間のみだ。

「しっかしこの宮、護符がめちゃめちゃに貼られているにゃ」

走りながらも花見は独り言をこぼす。煌《きら》びやかな装飾が施された天栄宮は、よく見ると天井や柱、戸の至る所に札が貼られていた。妖怪避けの護符である。

こんなにベタベタと貼ってあっては、並の妖怪ではこの宮中に立ち入る事すらできないだろう。おそらく天栄宮全体を覆うように結界が張られているに違いない。

「ま、ワテには全然通じにゃいけどにゃー」

伊達《だて》に五百年も妖怪やっていない。花見は誰も見ていないのに得意げになりながら、目当ての御殿に向かって走った。

なお、猫の身体能力を持つ花見は猫並みの瞬発力を持ち、猫並みの持久力しか持っていなかった。廊下一つを全力疾走した後に疲れ果て、廊下の端でへばって休憩したのちに、今度はゆっくりと歩いて紫乃の持ち物が検分されている御殿へと向かう。

「あったあった、ここだにゃ」

前足で器用に戸を開けると、そっと内部へと侵入する。

板張りのその部屋はあまり広くなく、中には紫乃の持ち物が広げられ男三人が検分していた。

(おぉ……あった、梅干し壺)

目当ての梅干し壺は端に寄せられている。男たちは何やら、紫乃愛用の包丁を囲って雑談をしていた。

「見ろ、この包丁。刃元に彫りがされているぞ……名匠が作ったものだ」

「しかもこの数。たかが包丁なのに十本以上もある」

「……屹然の田舎娘が、どうしてこんなに包丁を持っているんだ？　盗んだのか」

「どれもこれもよく手入れされていて、状態がいいな」

ずらりと机の上に並べられた包丁の数は十一本。どれもこれも微妙に異なる形状で、紫乃が食材に合わせて使い分けているのを花見は知っていた。

男たちは包丁を手に取りつつ、俺の刀より切れ味が良さそうだとかこっそり一本貰《もら》ってしまおうかとか話し合っている。

（にゃろう、汚い手で紫乃の宝に触りやがって。後で絶対に取り返してやる。……でもまずは、梅干し壺だ）

梅干し壺は、大きいし重い。赤茶色の陶器の壺にぎっしりと梅が詰まっている。猫形態で運ぶのは無理があった。

（よし、変身だにゃあ。人間の姿なら、怪しまれにゃいだろ）

花見は基本的に妖怪思考なので、人間とは若干ずれている。いきなり見知らぬ人間が姿を現せば絶対に怪しまれるのだが、そういう考えを残念ながら持ち合わせていなかった。

検分の手伝いに来た、とでも言えば大丈夫だろう。仮にあれこれ問い詰められたら殴って気絶させてしまえばいい。

そんなわけで、くるりとその場で宙返り。

すると緑と白の縦縞模様の着物に、桜色の帯を締めた、十歳ほどの茶色の髪の少年に変化する。

「……何だ、お前は⁉　どこから入ってきた⁉」

ギョッとしたのは男たちだ。梅干し壺のそばに突如姿を現し、ゆらりと立ち上がった花見を見て案の定驚き問いかける。花見は男たちにのんびりとした口調で返事をしながら、梅干し壺をひょいと持ち上げた。人間形態になった花見は、見かけとは裏腹に怪力の持ち主だった。

「検分の手伝いに来たにゃあ」

「にゃあ⁉　……あ！　頭から耳が生えている！」

「え⁉　しまった！」

反射的に片手を頭の上にやると、ピョコリと猫耳の触り心地が。

「尻尾も生えているぞ‼」

「うお！　しまったにゃあ‼」

花見は五百年妖怪をやっているが、実は人間に化けるのが苦手だった。

耳と尻尾が生えるのは日常茶飯事だったし、人間らしい喋り方にするのも難しい。

速攻で怪しまれた花見は、仕方なく戦闘の構えを取った。人間三人、気絶させるくらい訳はない。基本的に人間は妖怪を見たら逃げるか大騒ぎをするか倒そうとするかの三択なので、大ごとになる前に口を封じなければ。

しかし花見の予想とは裏腹に、男たちは怯《おび》えつつも友好的に花見に問いかけてきた。

「……天栄宮の妖怪って事は、陛下の差し金か？」

「にゃ？」

「とぼけなくても、わかってるぜ。何か持ってこいって言われたのか」

「梅干し壺を……」

「なんだ、そうかい。さっさと持っていきな」

なんだかわからないが、どうやら持っていっていいらしい。花見は「じゃ、遠慮なく」と言ってごとりと梅干し壺を持ち上げると、ついでとばかりに言葉を付け加える。

「そうそう、後の荷物も検分が終わったら紫乃の部屋に持っていってくれだにゃあ。くれぐれも、盗もうなんて思わないように」

最後の言葉は、若干声を低めて威圧感を出した。脅しではない。紫乃のものを盗むとしたら花見は相手が誰であろうと容赦しない。

ごくりと唾を飲み込んだ男たちが短く頷くのを見た後、満足した花見は梅干し壺を持って部屋を後にした。

「さて、紫乃のいる場所まで……あぁ、結構遠いにゃあ。間に合うといいんだけど」

我が道をゆく性格の花見はそうは言いつつも全く急がず、のんびりと御膳所に向けて歩いていった。

なお、耳と尻尾は面倒臭いのでそのままにしておいた。

◇

御膳所、夕餉用の厨は異様な空気に包まれていた。

「……馬鹿な……」

伴代は冷や汗をかきながら、目の前で繰り広げられている光景をただただ圧倒されて見つめている。

いつもは十人超が動き回っている厨で立ち働いているのは、たった二人。

突然夕餉の御料理番頭に任命されたという田舎娘の紫乃。そして紫乃を御膳所まで連れてきた、大鈴。

「大鈴、坪用の器を用意しておいて」

「かしこまりました」

料理を作っているのは紫乃一人で、大鈴は言われた食器を用意しているだけだ。

たった一人で、十二膳もの夕餉の用意をしている。

「そんな事、できるはずがない……！」

伴代はよろめき、厨の台に手をついた。冷や汗が止まらず、体が小刻みに震えている。

十二の膳が美しく並んでいる。

すでにそのほとんどに料理が盛り付けられていた。

湯気を立てる麦飯。

豆腐と若布《わかめ》の入った汁。

彩りも鮮やかな大根と人参《にんじん》の酢の物。

じゅうじゅうと音を立てて焼けている、甘鯛《あまだい》の塩焼き。

平には野菜と鶏肉《とりにく》の煮物が盛り付けられ。

砂糖、酒を加え火にかけて練り上げた味噌を載せた蒸した里芋の猪口。

あとは坪と香の物で完成となる。

その出来は、伴代が作るものと遜色ない。いや、もしかしたら伴代が作る以上の料理かもしれない。

調理中の手際の良さは見事の一言であった。食材に合わせてきっちり包丁の使い分けをし、魚や肉の臭み取りも完璧だった。要領よく同時に何品もの料理を作り上げ、冷めないように一気に器へと盛り付ける。

食べる人の事を考えて作っている何よりの証左だ。

そして今、完成間近となっている料理……立ち上る卵の香りを嗅ぎながら、伴代は体の震えを止めようと体をかき抱いた。

屹然の山に住む田舎娘ではなかったのか？

なぜ、まだ十代の小娘が食材ごとに包丁を使い分けられる？

この厨には、包丁だけで十もの種類があったし、鍋も調理方法に合わせて各種のものが取り揃えられている。それを一見しただけで判別できるその能力は、どこで培った？

全てを把握できるようになるのは御膳所の厨で血の滲《にじ》むような努力をした御料理番だけだ。伴代とて、二十代半ばでようやくその高みに到達できた。

それをまるで、息をするように自在に操るこの小娘は、一体……。

紫乃の目は調理を始めてからずっと固定されていて、こちらを窺《うかが》う様子は一切ない。

何も教えていないのに、全てをわかっている。

小娘の能力が窺い知れず、それが伴代には空恐ろしかった。

◇

紫乃は、出汁と卵液を丁寧に裏漉《うらご》ししたものを蒸し器に入れ、かまどに屈《かが》んで火吹き筒を握りしめ、火加減をじっと見つめていた。

今、紫乃が作っているのは、卵豆腐である。

卵豆腐は作るのが難しい。火加減を間違えると表面がぼこぼことして見た目が良くない物が出来上がってしまうし、かといって弱火すぎても中心まで火が通らない。

蒸し器の温度を常に調整しつつ、適度な温度を保つのが重要だ。

（……そろそろか）

額の汗を拭いつつ、水で濡らした手ぬぐいで蓋を持ち上げる。そっと竹串を刺し、出来具合を確認した。

（よし、完璧）

頷いた紫乃は手早く卵豆腐を切り分け、大鈴が用意してくれた坪用の器に盛り付けた。

表面に三つ葉を添えれば完成だ。

冷やしても美味《おい》しい卵豆腐であるが、凱嵐はどうも温かい料理に飢えているようなので、あえて出来立てのものを用意した。

紫乃の母直伝の卵豆腐は口当たりふわふわ、つるんとした喉越しが自慢の一品である。

花見はこの卵豆腐を、卵十個分はおかわりをする。

ずらりと並んだ膳は十二個。圧巻の光景だ。

あとは花見が梅干し壺を持ってくるのを待つだけなのだが。

「紫乃ー！」

折よく花見の声がし、厨の中に梅干し壺を持った花見が飛び込んできた。

「お待たせ、紫乃。見つけたにゃあ」

「おかえり、ありがとう」

壺がごとりと床に置かれ、早速紫乃は蓋を開ける。つんと塩漬けにされた梅の酸っぱい匂いが鼻をくすぐった。

周囲が「あの子供、誰だ？」「耳と尻尾が生えているぞ」「妖怪か？」などとざわめいたが、紫乃は構わなかった。料理中の紫乃にとって、料理以外の話など全てどうでもいい話題である。

「大鈴、香の物用に小皿を」

「かしこまりました」

大鈴がいてくれて助かったと紫乃は思う。料理は自分一人でどうとでもなるのだが、食器の用意までするとなると手間だ。紫乃はこの厨の勝手がわからないので、探しているだけで無駄に時間がかかってしまう。

一粒、梅干しを取り出して皿に載せれば完成だ。

「さ、出来たぞ」

紫乃は膳の一つを伴代にずいと差し出す。

「どうぞ、屹然の田舎娘の作った料理、ご賞味あれ」

母譲りの、自慢の料理たち。

今日は特に腕によりをかけて作った。これを不味いとは言わせない。

伴代は厨の隅にある小上がりに膳を置くと、雨神様への感謝を述べる。そしてじっと視線を膳に注いだまま微動だにしなかった。

「食べないのか？」

伴代は紫乃をちらりと見て、それからまた視線を膳に戻した。右往左往する視線からは、「本当にこの娘が作った料理なのか？」という疑問がありありと感じられる。

しばらく逡巡《しゅんじゅん》したのちに、とうとう箸を手に取った伴代は、麦飯を口にする。

厨の御料理番たちが固唾を呑んで見守る中、麦飯を飲み込んだ伴代が小さく感想を述べた。

「……頃合いの炊け具合だ。水の量も火加減も炊く時間もちょうどいい」

それから平に盛り付けられた野菜と鶏肉の煮物に移る。

「野菜と鶏肉の切り口が、見事。味付けも薄すぎず濃すぎない……盛り付けも美しい」

その後も伴代は料理を食べては一皿一皿丁寧に評価を下していった。食べるほどに勢いを削《そ》がれ、何か文句をつけるところはないかと探しているようだったがそれもなく、卵豆腐の器を持ち上げた。

三つ葉の載った卵豆腐は表面が滑らかで、黄金色に輝いている。匙《さじ》を手に持ち、一口分をすくい、そっと口に流し込む。

卵豆腐を食べた伴代の驚きはこれまでの比ではなく、匙を持つ手が震え出した。

「この卵豆腐は、まさか、そんな……!」

「?」

明らかに普通ではない伴代の驚き様に紫乃は首を傾げる。伴代は「そんなはずはない」とブツブツ呟きながら、夢中で卵豆腐を口にし、吟味している。あっという間に空になった器の中身を凝視しつつ、紫乃にというより自分自身に話しかけた。

「この卵豆腐は、俺がいくら努力しても再現できなかったものだ。紅玉様の料理は手順も味も全て頭に叩き込んであるはずなのに、一体何が違うのか、どうしても同じ卵豆腐を作る事ができなかった。何度試しても、毎度毎度課題が残る。出汁に微《かす》かなえぐみが出たり、舌に若干のざらつきが残ったり。だが、今俺が食べたのは、ずっと俺が追い求めていたものと寸分違わぬ味がした。絹のように滑らかな舌触りも、口に含んだ時ほのかに香る鰹出汁の匂いも、そして微かな甘みのある卵のまろやかさも」

そんな馬鹿な、と思う。半信半疑で今度は、梅干しに箸を伸ばした。

「……梅干しの味までもが……そっくりだ……!」

塩辛さの中に熟成されたまろやかな風味のある梅干し。これは紛れもなく――紅玉の漬けたものの味がする。伴代は在りし日に紅玉の作った料理を食べた時の事を思い出していた。

伴代が夕餉の御料理番頭に任命されたのは、今から十六年ほど前。

当時の伴代はまだ若造で、まさか自分が御料理番頭になるなどとは露ほども思っていなかった。

その時の御料理番頭は紅玉という女性で、皇帝に重用されていた人物だ。

紅玉はさっぱりとした性格を持ち、繊細な料理をする人だった。

伴代も紅玉の作る料理に心酔していて、彼女の作る料理に少しでも近づこうと努力を重ねていた。

繊細にして優美。複雑な手順で作り出される料理はどれも美味いだけでなく、美しい見た目を兼ね備えていた。一流の食材が彼女の手によって一流の料理となっていく。まさに、この真雨皇国の頂点に立つ皇帝に出すにふさわしい料理といえよう。

あんな事件が起こらなければ、まだ彼女はこの厨にいたはずなのだ。

兵に囲まれた紅玉は、立ちすくむ御料理番たちを見回し、そして伴代に目を留める。

「次の御料理番頭は伴代だ」

「……俺が⁉」

驚く伴代に紅玉は静かに頷いてみせた。

「伴代が一番、その役にふさわしい。腕を磨いて、誰にも手の届かない高みに登れ。そしてあたしの料理を絶やさないように」

その言葉を最後に、伴代が紅玉の姿を見る事はなかった。

伴代は強くあろうと決めた。

誰よりも美味い料理を作る事こそが紅玉の意志を継ぐ事になる。

だから伴代は努力を重ね、紅玉の料理を追い求め続けた。皇帝が代替わりしようと夕餉の御料理番頭の役を続け、そして現皇帝の口から「美味い」という言葉を引き出そうと努力した。

しかし今、伴代は直感した。

この紫乃という娘は天性のものを持っている。

伴代が何年努力しようと、決して再現できなかった紅玉の味をいとも簡単に作り上げ、そして出してみせた。これはもう、認めざるを得ない。

伴代は膳の上に箸を戻し、床の上に手をついてその場で深々と頭を下げた。

「参った。……まさかここまでのものを作り上げるとは予想もしていなかった……この料理、調理手順も見た目も味も、全てが紅玉様の生き写しだ」

紅玉様の生き写し。

その言葉が胸にストンと落ちてきて、紫乃の心を満たしていく。

後ろで花見の「とーぜん！」という勝ち誇った声が聞こえた。

「頭を上げてくれないか、伴代さん」

紫乃は恐る恐るといったふうに顔を上げた伴代に、にこりと微笑《ほほえ》んでみせる。

「美味いと言ってくれてありがとう、嬉しいよ」

紫乃の笑顔を見た伴代は、思わず惚《ほう》けた。

なぜだろう。

顔形などまるで似ていないのに、紫乃が浮かべた笑みは、初めて伴代が紅玉の料理を食べた時に、あの人が浮かべたものと瓜二《うりふた》つだった。

床に頭を下げたままの伴代は、決意に満ちた声を出す。

「認めよう。アンタが次の夕餉の御料理番頭だ、紫乃様。文句なしに美味かった」

——次代の御料理番頭は、この娘以外にあり得なかった。


「さて、じゃあ、一件落着したところで夕餉を持っていこう」

伴代が納得してくれたので、紫乃はすぐさま次の行動に移ろうとした。

せっかく作った料理、食べてもらわねば勿体《もったい》ない。膳を運ぼうと手をかけたところで、

「お待ちください」と大鈴が声をかけた。

「まず、毒見を済まさないと……」

「今件代さんが食べたから、もういいんじゃない？」

「いえ、規則がありまして。……まずは一膳、毒見番が食べた後、体に異変がないか四半刻その場で待つ。それから陛下のいらっしゃる正殿まで運び、控えの間にて二人の毒見番が二膳、食べてやはり四半刻待つ。それから陛下の前に膳を置き、最後の毒見番が一膳食べ、やはり四半刻待ち、異変がなければやっと陛下のお口に入るのです。移動時間も含めますと料理が出来上がってから陛下のお食事まで一刻はかかります」

「何だ、それは!?」

あまりにも厳重すぎる毒見に紫乃は驚いた。

「そんなに毒見してたら、料理が冷めきる！」

「ですが毒が盛られる危険性を徹底的に排除したいと、賢孝様が……」

「賢孝？　誰？」

「凱嵐様の右腕となる、執務補佐官様でございます」

「………その賢孝とやらは、ちっとも料理の事をわかっていないな」

地を這うような低い声で紫乃は言葉を絞り出した。

「料理は出来立て、作りたてが一番美味い。一刻も待っては台無しだ。私は今すぐ、料理を持っていく。毒見は後一人、正殿ででもすれば十分だろう。大体私は毒など盛らない」

「ですが、紫乃様」

「同行する毒見番を呼び、給仕番を集めて膳を運んでくれ……あぁ、一膳、やたらに量が多いのがあるだろう？ それはここに置いていってくれて構わないから」

「こちらの膳にございますか？」

「そう、それ」

紫乃は一膳、あえて多く作っておいた。それは他の膳に比べて明らかに盛りがよく、膳の上に料理がこんもりと載っている。

「それは花見の分だから」

「にゃあ」

人間形態の花見がご機嫌な声で鳴く。

大鈴は戸惑いの視線を花見に投げかけながらも、すでに膳の前に座り食事にありつく花見を止めようとはしなかった。

「……給仕番を呼んで参ります」

大鈴が厨をそっと離れると、入れ替わるように一人の女が入ってきた。

黒髪をひっつめにした目つきの鋭い二十代半ばほどの女は、入ってくるなり紫乃に目を留め立ち止まる。そして言った。

「アンタが、新しい御料理番頭？」

「そうだけど」

「フン……」

どう見ても友好的ではない雰囲気を醸し出している女は、指を突きつけて紫乃に宣言する。

「アタシたち、アンタの料理なんて毒見しないからね」

「おい、美梅《みうめ》」

「何よ、伴代様。腑《ふ》抜《ぬ》けた面して、まさかこんな田舎娘の下につくのを良しとしたのですか？　大鈴に聞かされた時はあんなに怒り狂っていたくせに」

美梅と呼ばれた女は伴代をきっと睨んで言った。

「美梅、紫乃様は本物の腕前を持っている。一膳食べて、俺は負けを認めた」

「フン」

美梅は伴代の言葉を聞くと再び鼻で笑った。赤い唇が意地悪く弧を描く。

紫乃としてはこんなやりとりなどどうでもよかった。一刻も早く料理を持っていかなければ、冷めてしまう。せっかく作った出来立ての卵豆腐もあっという間に冷えてしまうではないか。

「いい？　アタシたち毒見番はね、命がかかってんのよ。これが最後の食事かもしれないと思って、毎食毎食心して食事の検分をしてるの。それが、どこの馬の骨ともわからない小娘が作った料理を毒見しろって？ 金を握らせればすぐに毒を盛りそうなアンタの料理を、アタシたちが食べたいと思うわけないでしょう。毒見番と御料理番は信頼関係で成り立ってんのよ。ぽっと出のアンタなんかのために、絶対に毒見なんてしないからね」

一息にそう言い切った美梅は勝ち誇った顔をしている。

「毒見番がいなけりゃ、夕餉が陛下に運ばれる事は絶対にない。伴代様がなんて言おうとも、アンタなんて今日一日で文字通りに首が飛ぶわ」

「言いたい事はそれだけか」

「……何よ」

紫乃は、内心で怒り狂っていた。こんな些事《さじ》に時間をかけているのが勿体ない。

「早くしないと、料理が冷める。毒見が嫌ならやらなけりゃいい。私がやる」

「アンタが……⁉」

「紫乃様、給仕番揃いましてございます」

大鈴を筆頭に、厨に給仕役の女たちが入ってきたので安堵《あんど》した。

「ありがとう。さすがにこの量を一人で運ぶのは無理だから、給仕番の人がいてくれて助かった」

大鈴がまとめ役をしている給仕係は統率がよく取れているようで、突然の御料理番頭交代にも動じず、皆で膳を持って厨から出ていく。紫乃がそれに続こうとすると、「お待ちなさいよ」と美梅に呼び止められた。

「まだ何か用？」

「アンタ、わかってるの？ 毒見番を兼務するって事は、いつ何が起こってもおかしくないのよ。失明した子もいれば、半身が動かなくなった子もいる。じわじわと体の自由が奪われて、最後には寝たきりになった子だっているわ。自分で作ってるんだからそんな危険性はないとたかを括《くく》っているなら、大きな間違いよ。アンタが見ていないところで、他の誰かが毒を入れるかもしれない。そんな危険を冒してまで、御料理番頭になりたいっていうの？」

「愚問」

紫乃は美梅の疑問を切って捨てた。

「毒が怖くて、料理が作れるかっての」

立ち尽くす美梅を置き去りにして、紫乃は最後尾について膳が凱嵐の元へ運ばれるのに追従した。

紫乃が去った厨の中は、まるで嵐の後のようであった。

「諦めな、美梅。あの子は本物の料理人だ」

「何よ、伴代様。あんなに御料理番頭の地位にこだわっていたくせに、あっさり捨て去って」

いつもは騒がしい伴代は今日、妙に大人しい。一体どうしてしまったんだろうかと美梅は訝《いぶか》しんだ。

「いやぁ、俺は一生かかっても紫乃様の料理には追いつけない。才能の差を見せつけられちまったんだよ」

「……フン」

伴代がなんと言おうと、美梅に紫乃を認める気はない。御料理番頭を務めながら毒見を毎日続けるなど無謀だ。すぐに音を上げるに決まっている。

そうした緊迫した空気を壊すかのように、飯を食べる音が厨に響き渡る。

「美味いにゃあ」

ガツガツと大盛りの麦飯を食べているのは、耳と尻尾を生やした猫又妖怪であった。

「こんな妖怪、天栄宮にいたかしら？」

「陛下が調伏なさったんだろう。さしずめ見張りといったところに違いない」

「………………」

美梅は首を傾げる。今代陛下はあまり妖怪を調伏したり使役したりしないと聞いていたが、噂は噂だったという事だろうか。

妖怪を見張りにつけるあたり、よほどあの小娘を気にかけているに違いない。

「にゃあ、言っておくけど、紫乃に何かしたら……ワテが許さないから」

「！」

ほんわかした雰囲気で飯を食べているかと思えば、伴代と美梅を睨みつける目つきは矢のように鋭い。美梅は背筋がゾッとするのを感じた。

やはり妖怪、見た目の幼さに惑わされてはいけない。

「絶品！」と言いながら食事を進める妖怪を遠巻きに見つめながら、これから御膳所が大いに変わっていく気配を美梅は感じていた。

五

「遠い」

紫乃は天栄宮の廊下を歩きながら、いらいらする気持ちを抑えられずにいた。

小半刻とは言わないまでも、結構長い間廊下を練り歩いている。

一体、どこに凱嵐はいるんだ？　何でこんなに広いんだ？

紫乃の気持ちが伝わったのか、先を歩く大鈴がそっと説明をしてくれた。

「天栄宮はいくつかの御殿に分かれており、出火の可能性が高い厨は皇帝陛下のおわす御殿からは遠い場所にございます。長い廊下を渡り、さらに三つ角を曲がった先、一際大きな建造物群に陛下は日夜詰めておられまして、食事もそこで召し上がるのでございます。もうすぐ着きますよ」

「こんなに時間がかかるとは……まさか、天栄宮がこれほど広いとは思いもよらなかった」

紫乃は廊下を歩きながら眉間に皺を寄せた。巨大な建物だとは思っていたが、てっきり厨の横に凱嵐が待機していてそこに運び込めばいいだけだと考えていたのだ。

「……紫乃様、お顔が怖うございます。この先に陛下が待っておいでですよ。さ、笑顔をお作りあそばせ」

「無理」

「………………」

大鈴の要求を紫乃はあっさり却下する。そもそも紫乃は、あの男が好きではない。好きでもない男のために笑顔を作るというのは、紫乃にとってなかなか難しい事だった。

大鈴は困ったような顔をすると、それ以上追及せず、運んできた膳を置いて襖《ふすま》の前で正座をし、声を張り上げて言う。

「今代陛下、凱嵐様にお伝えいたします。夕餉の支度が整いましてございます」

「入れ」

奥から声が聞こえ、護衛の者たちにより襖が開かれる。大鈴を筆頭とした給仕番が一斉にお辞儀をする中、紫乃だけはまっすぐ頭を上げたままに襖が開かれるのを見つめ続けた。

畳敷《たたみじき》のだだっ広い広間の奥、紺碧《こんぺき》の屏風《びょうぶ》を背景にくつろぐ凱嵐と視線がかち合う。

酒盃《しゅはい》を舐めていた凱嵐は意外そうに目を見開いた後、唇を弓形にして笑った。

「……来たか、紫乃」

「来てやったぞ」

あまりに不敬な物言いに、周囲の人間が凍りつく。

「無礼であるぞ！」

「真雨皇国の皇帝陛下、凱嵐様に向かってその口の利き方、死に値する！」

「紫乃様、その言い方はあまりに……！」

凱嵐の護衛から怒号が飛び、大鈴からも小声で非難が飛んでくる。

しかし紫乃はどこ吹く風である。

今にも紫乃に斬りかからんとする護衛衆を止めたのは凱嵐であった。

「良い。山育ちの娘故、いささか常識に欠けているだけだ。それで紫乃、なぜお前がここに現れた？　御料理番頭の仕事は厨で終わるはずだろう」

「毒見番が毒見を嫌がったから、代わりに毒見を務めに来た」

「ほう」

「さっさと食って、安心安全な事を証明してやる」

紫乃は膳の一つを引き寄せると、箸をつけて食べ始めた。

絶句する周囲をよそに紫乃は膳を一つ、黙々と平らげる。食べながら思う事は毒の有無なんかではない。

(あぁ、せっかく腕によりをかけて作った料理が冷めてしまってる……米は表面がカピカピだし、なますはぬるくなってるし、味噌汁も常温でとてもじゃないが飲めたものじゃない)

紫乃の信条は、熱いものは熱いうちに、冷たいものは冷たいうちに食べる事。

この冷め切った料理を提供するのは、料理と食べる人にとっての冒瀆《ぼうとく》だ。

とても許せるものではない。

だからと言って、食事を残すのはもっと紫乃の信条に反する行いだ。

よって気合と根性で一膳を食べ切った紫乃は、大人しく四半刻が経過するのを待つ。

「四半刻、経《た》ったぞ。私の体に異変はないから、夕餉をどうぞ」

「おぉ」

凱嵐は祈りの言葉を口にした後、嬉々《きき》として箸を手に食事をする。

「あぁ、やはり美味い。紫乃の料理は冷めていても絶品だ」

それは嬉しい言葉だが、やはり出来立てを食べてもらいたいな、と思うので、冷めた食事を嬉しそうに食べる凱嵐に一つの提案をした。

「明日からは、厨近くの部屋で待機していて欲しい」

「なぜだ？」

「少しでも出来立ての料理を食べて欲しいからに決まってるだろう」

「そうか……」

紫乃の言葉を聞いた凱嵐は、クックッと喉を鳴らして笑った。

「ならば、そのようにしよう」

「陛下、恐れながら申し上げます。そのように大切な事、賢孝様のお耳に入れずに勝手に決めたとあっては、あのお方の怒りを買うかと……」

控えめながら大鈴が進言すると、凱嵐はちらりと大鈴を見た。

途端、大鈴が「はうっ」と言って胸を押さえる。紫乃は、大鈴の呟きをはっきりと聞いた。

「……今日の凱嵐様も格好良い……滴る色気が、止《とど》まるところを知らないわ……！　ああ、なんて素敵なの！」

大鈴は、凱嵐の熱烈な信奉者だった。

そんな大鈴の呟きが聞こえなかった凱嵐は、先の進言に対する答えを返す。

「良い。俺が決めたのだ、賢孝には何も言わせまいよ。それにあいつのやり方は少し度を過ぎている。俺もこの食事方法には思うところがあったからな」

「け、賢孝様は凱嵐様のお命を守るため、このような手段を踏んでいると……」

「大鈴」

少し強めに名前を呼ばれ、大鈴は言葉を切った。

「賢孝とお前は、剛岩で俺が一将軍だった頃からの付き合いだ。あいつが何を考えているのかはわかっているし、それを踏みにじるつもりはない。が、止めなければますます激化していくのもあいつの性格。そろそろ歯止めをかけてもいい頃合いだ」

「……おっしゃる通りでございます」

「それに、お前が御膳所に詰めているんだ。そうそう騒ぎなど起こらないだろう。信頼しているぞ、大鈴」

「…………！」

どうやら古くからの知り合いだったらしい大鈴は、期待を寄せられた言葉をかけられ感極まった。大きく瞳を開き、震えながらも叩頭《こうとう》して「かしこまりましてございます」と言った。

都合三膳もの食事を平らげた凱嵐は、満足げに笑った。

「今日の食事は美味かった。明日も期待している」

給仕番の大鈴たちは、隣の間に置いていた残った六膳を持ってしずしずと御前を退去する。

紫乃もそれに続こうとしたが、背後の凱嵐に声をかけられてしまった。

「待て、紫乃。話があるからお前はここに残れ」

「えぇぇ……」

「お前はなぜそうもあからさまに嫌そうな顔をするんだ」

「嫌だからに決まっている」

「ではわたくしどもは先に下がらせて頂きます」

「えぇ、待って、私も下がりたい」

「お前はここにいろと言っているだろう」

渋々足を止めた紫乃を残して、大鈴を筆頭にした給仕番たちは去ってゆく。

この場に留まりつつも、紫乃の目線は下げられる膳に固定されたままだった。

あの膳は一体どうなってしまうのだろうか。もし捨てられるとすれば、噴飯ものだ。

食べ物を粗末にする人間は断じて許せない。

というか、そもそもどうして十膳も作らせたのか。

毒見で何膳か必要というのはなんとなく理解ができたが、十膳も要らないはずだ。

絶対に余りが出るのを見越してたくさんの膳を作らせるというのは、食材にとっても料理人にとってもこの上ない冒瀆である。

もしも捨てるというならば、紫乃が自分で食べるか、残りは胃袋も妖怪級の大食いである花見にあげるのに……先に聞いておけばよかった。

「おい、お前、俺の存在を忘れているだろう」

「あ、忘れてた」

後ろから凱嵐に話しかけられ、紫乃は振り返った。凱嵐は盃《さかずき》を傾けながら呆《あき》れた顔をしている。

「この俺にそんな態度を取れる人間はそうはいないぞ。常識外れというか肝が据わっているというか……」

「それで、一体何の用件だ？　さっさと終わらせて、私はあの残った膳の行方を追いたい」

「自分に正直な娘だな。まあ良い、もう少し近くに寄れ」

カタリと盃を置いた凱嵐に手招きされ、紫乃は渋々近づいた。凱嵐の腕が届かない、ギリギリのところに正座する。

長い黒髪をかきあげた凱嵐は、少し抑えた声で話を切り出した。

「お前が持っていた荷物を検分させたところ、大層な代物ばかりだったそうだ」

「…………」

「包丁も鍋もその他の調理道具も、全てが天栄宮の御膳所で使われている物と比べても遜色ない。それだけではないぞ。桐箱に入っていた調味料の中には、雅舜王国より贈られた貴重な品々もあったそうだ。どうやって手に入れた？」

紫乃は凱嵐の問いかけに対し口をつぐむ。

「皇帝の俺が聞いているんだ、素直に答えんか」

「……貰った」

「ほう？　どこの誰からだ？」

「知らない人」

「しょうもない嘘をつくな」

「嘘ではない。あの小屋には、定期的に品物が届く。それがどこの誰が持ってきた物なのかは、私にもわからない」

凱嵐の形のいい瞳が細められ、剣呑な雰囲気になった。

「仮にその『誰か』がいたとしよう。この天栄宮のものを盗んでいたならば、大罪。盗んだ『誰か』も受け取って使っていたお前もな」

「…………」

「紫乃、お前何か俺に隠し事をしているだろう。悪いようにはしないから、話せ」

どれだけ問い詰められようと、紫乃としては、凱嵐に話す気持ちは微塵《みじん》もなかった。

両者の視線が交わって、ピリッとした空気が場を支配する。

紫乃は折れる気は全くなかったが、このまま平行線を辿《たど》っていたら永遠にここから帰してもらえない気もする。

常人なら気圧《けお》されて話してしまいそうなほどの圧力、凱嵐から滲み出る空気は凄まじい。やはり皇帝を名乗っているだけあるなと思いながら、紫乃も引けを取らなかった。

そうして一体どれほどの刻が経っただろうか。

この均衡を破ったのは、紫乃でも凱嵐でもなかった。

「おい、いい加減紫乃を返せよ」

バーンと襖を開け放ち、仁王立ちで言い放ったのは他でもない、花見である。

人型を保ち続けている花見は、ずかずかとこちらに歩み寄り、二股に分かれた尻尾をゆらゆらと揺らしながら威嚇するように八重歯を剝き出しにする。

「花見」

「紫乃の帰りが遅いから迎えに来た。飯が済んだんなら、さっさと返してくれないかにゃあ。こっちは慣れない場所に連れてこられて迷惑してるっつーのに、この皇帝さんはよぉ。さ、行こうぜ紫乃」

「ありがとう、花見」

腕を摑んで紫乃を立たせた花見に促されるまま、さっさと退出しようとする紫乃であったが、凱嵐が呼び止めた。

「紫乃、お前が話すまで俺は諦めんからな。時に猫又妖怪」

「花見だにゃあ」

「天栄宮に来て体に異変はないか。居心地が悪かったり、力が使いにくいと思ったりはしておらぬか」

「は？　あるわけがない。ワテはいつでも超元気だにゃあ」

「そうか……」

凱嵐はふと考え込む様子を見せてから、花見に告げる。

「お前は俺に使役されている事にしておけ」

「あ？」

花見はドスの利いた低い声を出すと、外見上変化している十歳の少年とは思えない迫力で凱嵐を睨んだ。

「お前、何言ってんだにゃあ。妖怪ナメてんのか。ワテらは人間の身分制度なんか気にしない。気に入った人間にしか手を貸さないんだよ。皇帝だかなんだか知らんが、ワテに命令するな」

「そうではない。俺に調伏され、紫乃に手を貸すよう命じられている。……そういう事にしておかないと、紫乃にとって都合が悪い事になる」

「意味がわからん」

「いいから、紫乃を守りたいなら言う事を聞いておけ。フリで良い」

「…………？」

「いいから」

花見は不愉快そうに鼻を鳴らすと、凱嵐には何も返事をせず「行くにゃあ」と言って紫乃の手を取り、ずかずかと凱嵐のいる広間から出た。


天栄宮の長い廊下を、紫乃と花見の二人が歩く。しかし遠い。

御膳所までの道のりが遥か遠くに感じられた。

「全く失礼な男だにゃあ」

花見はご立腹であった。妖怪の中でも猫又妖怪は自由な気質なので、誰かに命じられるのを極端に嫌う。花見が紫乃のもとにいて手を貸してくれるのは、ひとえに紫乃の作るご飯を食べたいからで、それ以上でもそれ以下でもない。

凱嵐に意味不明な命令をされ、花見の機嫌は非常に悪かった。

「この腹の虫は、紫乃の飯を食うまで収まらないっ」

「さっき特盛の一膳食べたでしょ」

「あれくらい、ここまで走ってくる間に消化した」

花見はびっくりするくらいの大食らいである。

底なしの胃袋に最初は「どんだけ食べるんだ」と慄《おのの》き、ひいひい言いながら食事の用意をしたのだが、今となっては慣れっこだ。おかげで十二膳、楽々用意ができたのだし、ここは花見様様だ。

「じゃあ、さっき下げた残りの六膳を食べるっていうのはどう？」

「何言ってんだにゃあ、紫乃」

花見は首を傾げながら言う。

「あれはもう、無くなった」

「え、無くなった？　どういう……まさか捨てられた？」

紫乃の疑問に答える前に、花見は御膳所の建物に入り、夕餉の料理番が詰める厨の戸をガラリと開ける。

そこで待っていたのは、紫乃が思っていたのとは裏腹の光景だった。

「お、紫乃様。遅かったじゃねえか」

「紫乃様！　この御膳美味しゅうございますね！」

「さすが凱嵐様がお連れになり、伴代様が認めた腕前なだけある」

厨の奥にある小上がり。そこにずらりと厨に詰める人々が座り、先ほど下げてきた膳を皆でつついているではないか。

「何、この状況……？」

混乱する紫乃に説明してくれたのは、大鈴であった。

「普段は残った膳で弁当をこしらえ、役人殿《やくにんでん》に勤めるお役人様に夜食として売っております。これが結構な良い値で売れるのですよ。ですが今日は、せっかく新しい御料理番頭様が作ってくださいましたし……わたくしたち厨の者で頂こうと思った次第です」

にっこりと大鈴は良い笑みを浮かべた。

「ちなみに十膳もの食事をご用意するのは、陛下が直前までどの膳を召し上がるかわかりにくくして毒を盛られる可能性を減らし、ついでに余った膳をわたくしたちで頂くためでございますよ」

「御膳所で働く人って、結構たくましいんだな……余った膳で弁当をこしらえて売っているとは思いもよらなかった」

「はい、それはもう。個性の強い面々が集まっておりますので」

にしても、紫乃は厨の戸の前で立ち尽くしたまま、美味い美味いと料理を食べる人々を見つめた。美梅の姿がないので、毒見番はいないのだろう。いるのは料理番と給仕番の人たちだ。

箸を動かし、口におかずを放り、口々に紫乃の料理を誉めそやす。

「この煮しめが絶品だな」

「俺はこのなますが好きだ」

「なんの、鯛の焼き加減が絶妙だよ」

「麦米のツヤツヤした炊き方も、俺には真似できねえ」

「わたくしは卵豆腐が気に入ったわ」

「大鈴、さすがによくわかってるな。この卵豆腐は俺がどうやっても再現できなかった、まさに紅玉様が作ったものと瓜二つだよ」

「梅干し、懐かしい味がするなぁ」

わいわいと膳を囲む皆に、紫乃は口元が緩むのを感じる。

「美味い？」

「美味いっす！」「美味しいです」という返事が笑顔と共に返ってくる。

案外すんなり受け入れられて紫乃は驚いた。

「ま、伴代様が認めたものを俺らがとやかく言うもんじゃないし」

という声が聞こえてきて、なるほどと思った。伴代に視線を向けると、ペコリと頭を下げられる。どうやら伴代は長らく御料理番頭をやっていただけあって、この厨で働く人の心をしっかり摑んでいたらしい。

その伴代が認めるのであれば、という心境なのだろう。

紫乃が離れていた間、何か説き伏せてくれていたのかもしれない。

「明日はもっと、献立を考えるよ」

どうしても毒見の後、四半刻は待つ羽目になるのだ、冷めても美味い料理を作ろう。

すると「期待してます」という声が方々から上がった。

「さ、食い終わったら片付けだ。紫乃様、俺が教えるから片付けを覚えてくれ」

「ありがとう。でも、その様付けで呼ぶのはやめてくれないか。落ち着かない」

「だが、俺たちの頭だからなぁ」

「紫乃でいいよ」

「それだと他の二人の御料理番頭様にもしめしがつかないというか……」

「様付けはやめてほしい」

「なら、姐《ねえ》さんでどうだ」

「はぁ？」

「いいじゃねえか、紫乃姐さん」

「よし、紫乃姐さんだ」

伴代を筆頭とする料理番の連中は紫乃に向かって頭を下げ、「よろしくお願いします、姐さん」「紫乃姐さん、明日から俺たちをこき使ってください」と言い出す始末である。

「じゃ、紫乃姐さん、後片付けしちまいましょう。厨の鍵を預かるのも、御料理番頭の仕事だ」

紫乃の意見を聞かずして、姐さん呼びを始めた料理番たちは、三々五々に後片付けに入った。

皿を洗うのは料理番に任せ、紫乃は伴代に全体的な厨の説明を受けた。

「火の始末はしっかりと。天栄宮で起きる火事の九割は、御膳所からの出火です。実を言うと昔、御膳所は陛下のおわす正殿の近くにあったんですが、相次ぐ火事で役人たちがすっかり警戒してしまったらしく……こんな天栄宮の外れに追いやられたらしいんですわ。そんなわけで、火の元が完全に消えているかどうかを確認するのは、御料理番頭の最も重要な仕事です」

「わかった」

伴代の言葉に紫乃はこくりと頷いた。

火の始末に関しては母にも口を酸っぱくして言われていた。火消し壺に薪を突っ込み、きっちりと蓋をする。

その他にも伴代は様々な手順や規則を紫乃に教え込んでいった。出会い頭に喧嘩をふっかけてきた男とは別人のように親切である。

「とまぁ、こんなところです。最後に鍵をかけたら、仕事は終了。また明日の朝に集合となるわけです」

「ありがとう」

「いえいえ、お安い御用です」

伴代はいい笑顔で言うと、「明日の朝は、明け六つ《午前六時》に蔵前に集合です。そこで町から品が搬入されるので。せっかくなので調達番も紹介しますよ」と言い、紫乃に厨の鍵を渡した。

「じゃ、俺は部屋に引っ込みますが、紫乃姐さんは部屋の場所知ってますか？」

「いや」

「わたくしが教えます」

案内を買って出たのは大鈴だった。

「こんな夜に、男性である伴代様に部屋まで付き添われるのは嫌でしょう。わたくしに任せてくださいませ」

紫乃は「では姐さん、また明日！」と言う伴代をその場に残し、そのまま大鈴に付き従った。

「使用人の宿舎はこの御膳所の隣にある建物で、さっき湯浴みに使った場所と同じです。一階は使用人用の湯殿と厨が、二階には下級の使用人が使う広間が、三階には中級の使用人が使う相部屋が、そして四階に上級使用人が使う個室がございます。紫乃様は四階ですね」

「大鈴は？」

「わたくしは相部屋を使っていますよ。個室を持てるのはごく一握りだけなのです」

「そうなんだ。ありがたいね、心して使うよ」

歩きながら紫乃が相槌を打つ。

「はぁ……それにしても、本日も素敵だったわ、凱嵐様」

道すがら、大鈴が唐突にそんな事を言い出した。頬は赤く染まっており、凱嵐の様子を思い出しているのは明らかだ。

「ねぇ、紫乃様もそう思いません？」

「私は別に」

「まぁ！　あの色気を間近にして、平静を保っていられるなんて、紫乃様の心は鋼のように鍛えられているのですね。……ご帰還なされた時の凜々《りり》しいご様子も素晴らしいけれど、わたくしは夕餉の席で少し襟をくつろげた凱嵐様のお姿がとても好きで……あの滲み出る色気は、一体何なんでしょう」

はぁ、と悩ましげな息をつく大鈴。

紫乃ははぁ、と適当な返事をして誤魔化した。

あの姿でここまで悶絶《もんぜつ》できるのなら、小屋で紫乃の夜着を無理やり着た凱嵐を見たら、きっと気絶してしまうに違いない。

何せあの時の凱嵐は丈に合わない着物からにょきにょき手足を出していたし、髪も乾かすためにざんばらな状態になっていた。今とは比較にならないくらいの無防備な姿である。

しかし紫乃は凱嵐の見かけなど、どうだっていい。気になるのは検分されたという調理道具の行方のみだ。

「さ、着きましたよ。こちらが紫乃様のお部屋でございます」

「何から何までありがとう。助かったよ」

「お安い御用でございます。では、お休みなさいませ」

大鈴がお辞儀をしてから去っていったので、紫乃はガラリと戸を開けた。暗闇の中、足元の行燈《あんどん》に火をつける。室内の様子が見えるようになった。

「あ、ちゃんと調理道具が運び込まれてる」

「ワテが言っといたんだにゃあ。ちゃんと返せよって」

「さすが花見。握り飯食べる？」

「食べる」

花見は、今はもう猫の姿に戻っている。基本的には猫型のほうがいいらしい。

「立派な部屋、貰ったにゃあ」

「うん」

この部屋、紫乃が住んでいた小屋よりも清潔でこざっぱりとしている。花見と二人で住む分には全く問題ないだろう。

紫乃は部屋を横切って襖を開けた。夜風が部屋に入り込み、冷たい空気が室内を満たす。

四階というのは、眺めがいい。使用人の部屋という事であまり天栄宮の中でも目立たないよう、周囲に木々が植わっていて遠くまで見通す事はできなかったが、それでもこんな高い建物に登った経験のない紫乃からすれば十分な見晴らしだった。寒風を我慢してでもしばらくは景色を楽しみたい気持ちになる。

一際高い立派な建物は、凱嵐が住まう御殿であろうか。遠くには木造の見張り櫓《やぐら》も見える。見張りのためか明々とした炎が点在しており、夜だというのに真っ暗闇ではない。

紫乃は木造りの欄干にもたれかかり、厨から持ってきた握り飯を一つ花見に渡し、自身でも頬張った。中身は焼き味噌だ。山椒《さんしょう》と絡めて焼いた味噌の握り飯は塩分も取れるし腹も満たされる、紫乃が好きな具材の一つだ。

「紫乃、逃げるのやめたの？」

「やめた」

「それってやっぱり、紅玉の事が気になるから？」

「うん」

花見に問われて紫乃は握り飯を咀嚼《そしゃく》しながら頷いた。

かつてこの天栄宮で『伝説の御料理番頭』として腕を振るったという紅玉。

その人物は、紫乃のよく知る人物で間違いないだろう。

凱嵐に調味料の類に関して問い詰められ、口をつぐんだ理由。

「隠し事をしている」と指摘され、話さなかった理由。

「母さん……」

紫乃の母の名は、紅玉。伝説の御料理番頭、その人だ。

母はかつて天栄宮で働いていた。そして何らかの理由があって、出ていった。

なんで？　という疑問が胸の中を渦巻く。

伴代の様子を見る限り御膳所では慕われていたようだし、なぜあんな山の中で人目を避けるようにして暮らす羽目になったのかわからない。

母が口を酸っぱくして言っていた、『高貴な人と関わるな。関わればお前は殺される』という言いつけが頭をよぎった。

（言いつけを破ってごめん、母さん。でも……何があったのか、私は知りたい）

天栄宮で母の身に何が起こったのか。

凱嵐に協力を求めればすぐさま真相にたどり着くのかもしれないが、紫乃はまだ凱嵐を信用しきっていない。

仮に母が大罪を犯して天栄宮を追い出されたのだとすれば、娘である紫乃にも危害が及ぶだろう。きっと母が危惧していたのは、それだ。

だから紫乃はこっそりと、御膳所で働きながら真実を突き止める。

「花見、頼りにしてるよ」

「にゃ？」

あぐと大きな口を開けて握り飯を食べる花見が紫乃を見上げる。

「任せるにゃあ」

花見は猫の前足でポンと胸を叩いた。全く頼もしい限りだ。

（凱嵐の言っていた、花見に関する話も気になるけど）

凱嵐に使役されている事にしろと言ったのはなぜなのか。

（この場所は謎に満ちている）

しかし、ひとまず紫乃のやるべき事はただ一つ。

「明日の自分たちの朝餉と、凱嵐の夕餉。何にするかな」

「紫乃、ワテ、明日は魚が食べたい」

「町から食材が運び込まれるらしいよ、魚もあるといいね」

「虹鱒！　鯵《あじ》！　鯛！」

涎《よだれ》を垂らす花見を苦笑しながら見つめ、「今日はもう寝ようか」と布団を敷く。

連れてこられた時は逃げ出す気満々であったが、今はそんな気は消え失《う》せた。

（凱嵐のタメじゃないけどね）

自分が知らなかった母の過去に触れられるかもしれないと、紫乃の心は少し躍っていた。

六

天栄宮の北側には、皇帝の食事を作る御膳所と使用人用の宿舎、そして町から運ばれてくる物資をしまっておく蔵が存在している。

明け六つの鐘と共に北門が開門し、荷車に載せられた様々な品が搬入される。

番兵、調達番、商人が行き交うそこで、紫乃は伴代と共に次々に降ろされて蔵の前に運ばれ、並ぶ品を見つめていた。

「おぉ……」

「どうですか姐さん。これが天栄宮名物、明けの荷物です」

「凄い……！」

伴代に声をかけられた紫乃は、目を輝かせて率直な意見を口にする。

巨大な荷車には山のように食材が載せられ、重みで軋んでいた。

野菜、卵、魚、肉、米と種類別に荷車が列を成して門から堀を越え、橋を渡りやって来る。紫乃は近寄ってそれを見つめた。

　蔵の前で指示を飛ばしていた男が伴代に気づき、振り向いて声をかけてきた。筋肉の逞《たくま》しい四十代ほどの男で、太い眉毛が特徴的である。

「おはよう、伴代。その子はどうした？」

「あぁ、新しい夕餉の御料理番頭になった紫乃姐さんだ」

「お前の代わりに、その子が御料理番頭に？」

「そうだ」

　伴代は紫乃の肩をポンと叩く。

「言っておくが、料理の腕は天才的だ。紅玉様の再来と言っても過言じゃねぇ」

「お前がそう言うなら、そうなんだろうがよぉ……あんだけ御料理番頭の地位にこだわってたお前が、よくぞ認めたもんだなぁ」

「俺は料理人だ。俺より美味い飯が作れる人間に敬意を払うのは当然ってモンだろう」

「成長したな、伴代も。昔はもっと尖《とが》りまくってたクセに」

「俺だってもう三十五歳だ、落ち着くに決まってんだろ。姐さん、こいつ食材の調達のまとめ役だから、仲良くしておいて損はないですよ」

「おう、よろしくな、紫乃さん」

「よろしく」

差し出された右手を握ると、がっしりした厚みのある掌が紫乃の手を包み込んだ。

伴代は握手する紫乃を見ながら、荷車をぐいと指し示して説明をする。

「この食料蔵には毎朝新鮮な食材が雨綾の一流問屋より届けられます。その中から一番いいものを見繕って御膳所に運ぶのが、御料理番頭の一日の最初の仕事です。朝、昼の御料理番頭と相談して決めるのがいいですよ。何せ、献立が被《かぶ》ったら大変ですから」

「わかった」

そんな話をしていると、一人の老人がこちらに近寄ってきた。

まるで枯れ木のように細く、今にもぽっきりと折れてしまいそうなほど痩せこけた老人だったが、足取りはしっかりとしている。ボサボサの白い眉毛の間から覗くつぶらな瞳は力強く、間近まで来て立ち止まると伴代に話しかけた。

「早いのう、伴代。立ち話か？　朝餉の支度に間に合わないから、儂からさっさと食材決めてしまうが」

「じさま」

伴代がじさまと呼んだ人物は、紫乃に目を留めると首を傾げた。

「お前さんが誰かを伴ってくるのは珍しい。新しく入った下女か？」

「いや、昨日から俺の代わりに夕餉の御料理番頭になった、紫乃姐さんだ」

「ほう！」

伴代の言葉にじさまは心から驚いている様子だった。腰を折り曲げ、紫乃をジロジロと見つめてくる。

「この娘が、お前さんの代わりの新しい御料理番頭とな？」

「そうだ。言っておくがな、料理の腕は確かだぞ。紅玉様の再来だと俺は思っている」

「ほう！」

じさまは再び声を上げ、やはり紫乃を見つめ続けた。そして振り向くと、後方にいる誰かに大声で呼びかける。

「おぉい、昼餉《ひるげ》の！　面白い事になっておるぞ！」

「………」

ぬぅと荷車のそばから現れたのは、紫乃より頭二つ分は背丈の高い男だった。厳しい顔つきで、角刈りの黒髪と顎にある傷が特徴的な四十代半ばの男だ。

のしのしと近づいてきた男は、のっぺりした顔にこれといった表情を浮かべず、伴代とじさまに向かって一言。

「俺は忙しい」

「あぁ、そりゃわかっておるわい。じゃが、ちぃと耳を貸さんか。夕餉の御料理番頭が交代したそうでな」

「何？」

「昼餉の旦那。俺の隣にいるこの方こそ、新しい夕餉の御料理番頭、紫乃姐さんだ」

「紫乃だ。よろしく頼む」

「………………」

伴代の紹介と紫乃の挨拶に、男は大した反応を見せなかった。大柄な見た目と表情の乏しい男は、まるで岩のようである。

何も言わない岩男の代わりに、伴代が紫乃にこっそりと耳打ちをした。

「悪い、旦那は無口なんですよ」

それから伴代は、枯れ木のような老人と岩男の間に立つと、二人の背中をバシンバシンと叩きながら明るい声を出す。

「この二人が姐さん以外の御料理番頭です。人呼んで、朝餉のじさまと昼餉の旦那。ちなみに俺は夕餉の兄貴と呼ばれていました。『御膳所の御料理番頭三人衆』とは俺たちの事で、そりゃあ他の料理番から一目置かれる存在だったわけですが……それも昨日までの話。今日からは姐さんが新しい三人衆の一人ですね」

「まさか、お前さんが御料理番頭を降りる日が来るとはのう。娘や、出身はどこだ？」

「屹然」

「屹然⁉　あそこは人が住むような場所じゃなかろう」

「神来川のほとりに住んでいた」

「ほあ⁉」

「…………」

紫乃の返事に朝餉のじさまは腰が抜けそうなほど驚き、昼餉の旦那も乏しい表情の中で目をわずかに見開いた。

「……失礼じゃが、料理の腕はどうなんじゃ？」

「私の料理は誰にも負けない自信がある」

「じさま。紫乃姐さんを御料理番頭に命じたのは他でもない、陛下ご自身なんだよ」

「なんと、まぁ」

じさまは首を振り振り、理解できないとでも言いたげにため息をついた。

「長生きしてると、色んな事が起きるのぉ。まあ、伴代が認めたなら、儂らから言う事は何もないわい。夕餉の。天栄宮は屹然とは別の意味で魔境じゃ。寝首を掻かれたくなければくれぐれも気をつけたほうがええ」

「…………」

じさまの脅すような言葉に昼餉の旦那もゆっくりと首を縦に振った。

「肝に銘じておく」

「ほっほ。いい返事じゃ」

じさまは長く白い口髭を揺らしながらそう言うと、「じゃ、食材を見に行くとしようかの」と言い、率先して荷車の列に近づいた。

（凄い、食材がたくさんある）

紫乃は山のような食材を前にして目を輝かせた。

紫乃は調味料や調理道具こそ一級品を使っていたが、食材は自給自足で賄うか屹然から近い里に降りて物々交換で手に入れるかのどちらかだったため、こうして溢《あふ》れんばかりの食材を目の当たりにするのは初めてだった。

近づいて見てみると、どれも状態が非常にいい。

この時期によく採れる甘藍《きゃべつ》や蕗《ふき》などはみずみずしく、おそらく収穫してすぐに持ってきたのだろう。豊富な山菜、茸、筍などもあり、旬のものは全て揃っていそうですらあった。

（魚はどうだろう）

隣の荷車に移動すると、まだ生きた魚が桶の中でピチピチとしている。

「今日は鰆《さわら》がいるのぉ」

「……俺は昼に鱸《すずき》を使いたい」

魚をじっと見つめていた紫乃の横に並び立ったのは、朝餉と昼餉の御料理番頭の二人だった。

「夕餉の、お前さんは何の魚を使うんじゃ？」

「そうだな……」

紫乃はじっと魚を見つめる。

どれもこれも艶が良く、イキイキとしており実に美味そうだ。その中でも紫乃が気になったのは、鯵だ。鱗《うろこ》が鈍色に光っており、泳ぐ姿も堂に入っている。

「鯵にする」

「そうかの。意見が被らなくて何よりじゃ」

頷いたじさまは手早く必要な食材を指示して荷車に載せると、運び番の男たちと共に「よし、行くかのぉ」と言って御膳所の方角へと去っていった。その足運びは意外にしっかりしていて、なおかつ速い。今から朝餉を作るとなると、時間はそうそうないので急いでいるのかなと紫乃は考える。

やや急ぎ足で去っていくじさまを見送り、紫乃は無愛想な昼餉の旦那と相談をしながら夕餉の献立を決めていった。旦那は必要最低限の言葉しか喋らないので、意思疎通が難しい。

「昼餉は何の献立にする？」

「飯に、汁に、平。なます、香の物」

それはそうだろう、と紫乃は思う。逆にそれ以外に何を作ると言うのだ。

「野菜と肉は何を使うんだ？」

「…………」

昼餉の旦那は黙って使う野菜を荷車から取り上げ、後ろに待機している運び番の荷車へと載せた。

喋らない。

全然喋らない男だ。

やがて旦那は食材を選び終えたらしく、紫乃と伴代に一つ会釈をすると、そのまま去っていく。

結局何の相談にもならず紫乃は呆然とした。話し合って決めたのは、魚の種類だけだ。

「姐さん、誤解しないでください。昼餉の旦那は普段から言葉数が少ないんです」

「……特に気にしてないから大丈夫」

こうなれば仕方がない。なるべく昼餉の旦那が持っていったものと違う野菜を使う他ない。

「ところでここにある残りの大量の食材は何に使うんだ？」

「あぁ、この後に奥御殿の御料理番が品定めして、その後は使用人用になります」

「何っ」

紫乃はぐりんと首を横に向け伴代を見て目を輝かせた。

「使っていいのか、これ」

「はい」

それは嬉しい。これだけ食材があれば、さぞ豪勢な朝餉が作れるに違いない。

まだ寝こけている花見も、起きたらびっくりするだろう、と紫乃はワクワクと考える。

「そういえば、他の天栄宮で働いている貴人や役人の食事はどうしてるんだ？　要らないのか？」

「大体の人は弁当持参で登城するから要りません。そうでない人は一度自分の屋敷に帰って食事を取るし、必要なのは陛下と奥御殿に住む白元妃様、それから住み込みで働く使用人たちの分だけです。ちなみに住み込みの使用人も、数で言えば全体の半分以下ですよ。家族がいれば町に居を構えるから、住んでいるのは若くて気楽な独身者ばかりなんです」

「なるほど」

「ほら、噂をすれば奥御膳所の御料理番頭のお出ましです」

伴代が顎でしゃくった方角を見ると、年嵩《としかさ》のいった女性が歩いてくるのが見えた。

「奥御殿は男禁制の女人の園。男で入れるのは皇帝陛下のみの特殊な場所でしてね。通常であれば皇后と側室が住まうのだけど、今は特殊な状況です。先代皇帝の妃、白元妃様の支配下に置かれているんですよ」

すれ違いざま、ちらりと御料理番頭の女性の目線が紫乃と伴代に送られた。非常に刺々《とげとげ》しい、敵意剥き出しの視線である。涼やかな顔でその視線を受け止めると、女性はこちらに近づいてくる。

「娘。頭くらい下げなさい」

「何で？」

「何でって……わたくしは奥御膳所の御料理番を司《つかさど》る者。あなたのような下賤《げせん》な者とは身分が違うからに決まっているでしょう」

「私も御料理番頭だけど」

「嘘おっしゃい」

ピシャリと決めつけるように言われたが、これに助け舟を出したのは伴代だった。

「嘘じゃないんだ。昨日、この方、紫乃さんに夕餉の御料理番頭が交代した。陛下の命令だ」

「まぁ」

目を見開き、とても信じられないという顔で紫乃と伴代を交互に見つめる。

「誰も娶《めと》らないと思ったら、陛下は随分と年若い娘がお好きでしたのね。どうせ足でも開いたんでしょう」

「おい、無礼だぞ」

「ほほ。伴代、あなたもこの娘に骨抜きにされたのかしら？　貧相な体の割に、床上手なのね」

「俺らの頭を侮辱するな」

「まあ怖い」

そっと着物の袖で口元を隠し、笑みを浮かべる。明らかに小馬鹿にした笑いを残し、優雅に会釈をすると去っていった。

（……床上手って何だろう。私はそんなに拭き掃除は得意じゃないけど）

首を傾げた紫乃は、一人意味を考えてうんうん唸《うな》る。

「気にする事ないですよ、姐さん。奥御殿の奴らは自分が一番偉いと思ってんだ」

「全然気にしてないから大丈夫」

そんな事より、紫乃が気になるのは鯵だ。ぜひ自分の朝餉にも使いたい。あの御料理番頭が根こそぎ鯵を持っていったらどうしよう。

（鯵以外を選べ、鯵以外を選べ、鯵以外を……）

紫乃が御料理番頭の背中に向けて念を送ると、それが功を奏したのか彼女は鰆を持っていく。

（よしっ）

ぐっと拳を握った紫乃は、立ち去った御料理番頭と入れ違いにそそくさと荷車に近づき、朝餉用の鯵をたんまり手に入れた。

◇

「さて、朝餉の準備だ」

「そんくらい、俺らがやりますけど」

「いや、作りたい。作らせてくれ」

「姐さんが言うなら、いいですけど……」

「御膳所の御料理番頭様の作る料理が食えるタァ、俺らも幸運だなぁ！」

「違いない！ 伴代はちっとも作ってくれなかったから！」

「伴代はケチだったからなぁ！」

「ケチの伴代に代わって、可愛《かわい》い子が御料理番頭になってくれてよかったぜ!!」

「お前ら……!!」

使用人宿舎の厨が騒がしい。

仕事前の使用人たちが起き出してきて、朝餉にしようと厨に入ってきたところ紫乃の姿を見つけたのだ。

使用人用の厨は御膳所のものより大きく、雑然としていた。

働き出す時間がバラバラなため、三々五々に飯を作って適当に食事を取って仕事に行く。

今紫乃の周りに集まっているのは、同じ御膳所で働く夕餉の厨の連中と、その他たまたま居合わせた人々だった。

「姐さん、一人でこの人数分を作るのは大変だ。俺たち使ってください」

伴代が言うと、他の夕餉の料理番たちも「そうだそうだ」「使ってくれ」と言い出す。

確かに、今集まっているのはざっと数えただけでも三十人超。花見が一人で十人前食べるので、四十人前もの朝餉を用意しなくてはならない。

時間があればできなくないが、さすがに朝の慌ただしい時間となると、一人で全部を調理するのは骨が折れる。皆仕事があるから、いつまでも朝餉に時間をかけているわけにもいかない。

「ありがとう。じゃあ、味噌汁の用意と、それから米を炊くのを頼む」

「あいよ」

「任せておけ」

「姐さん、米は麦米でいいのかい？　白米かい？」

「麦米がいいんだが……むしろ雨綾では白米が食われているのか？」

怪訝な顔をする紫乃に、伴代は隅に雑に置いてある巨大な米俵を叩いた。

「ええ、雨綾じゃあ米っつったら白米が主流でしてね。町人から貴人まで、みーんな白米を食っているんです」

「おうよ、何つったって白米は舌触りがいい！」

「俺なんか白米食いたさに雨綾まで働きに来たんだよ」

「でも、凱嵐は麦米を食べていた」

「………!!」

紫乃が「凱嵐」と口にした瞬間、その場の全員が顔を青ざめさせた。伴代が素早く動き、紫乃の口をばっと塞ぐ。

「姐さん、今のはいけないです。皇帝陛下を呼び捨てとは、首刎ねられてもおかしくないです。昨日から思っていたが、姐さんは礼儀作法を身につけたほうがよさそうですね」

「料理人にそんなものが必要か？」

口を押さえられたままもがもがと喋る紫乃に伴代は大きく頷いた。

「ここは真雨皇国の中枢、天栄宮。料理の腕はもとより、立ち居振る舞いにも相応のものが求められます」

「………」

「先々代の御料理番頭、紅玉様はそれはもう完璧な作法でして。雪のように白い肌、燃えるような赤毛、澄んだ緑色の瞳という見た目の美麗さも相まって、その所作は見る者を惹《ひ》きつけてやまなかったんですよ」

「やる」

紅玉の名を出された紫乃は即答した。

正直あの母が礼儀作法などできたのかは首を傾げるところだが、それでも過去の母を知る伴代が言うのであれば、きっとできたのだろう。

母にできて紫乃にできないはずがない。

（やってみせる、礼儀作法……！）

「朝餉の後、大鈴に教わるといいですよ。あいつはそういうのに詳しいから」

「わかった、ありがとう。そういえば、大鈴は？」

「あいつは朝餉の給仕に行ってます。料理番と違って毒見番と給仕番は朝昼晩、三食全てに携わっていますから」

「なるほど」

「それとさっきの質問ですが、陛下はご出身が剛岩という地方でしてね。そこは麦飯を主食としていたようで、今でも慣れ親しんだ麦飯を召し上がっておられるんです。剛岩近郊の豪族である執務補佐官の賢孝様も麦飯を好んで召し上がります」

「なるほど」

初めて出会った時、麦飯に感動していたのはそういう理由もあったのかもしれない。

天栄宮でのまどろっこしい食事までの手順を思い出すに、きっと熱々の麦飯を食べたのは久しぶりだったに違いない。

「さ、無駄口はここまでにして、朝餉を作っちまいましょう」

「うん」

そうだ、朝餉だ。

紫乃は大量の鯵に向き直った。

ツヤツヤと光沢を放つ鯵を見た時から、紫乃はこれをどう調理するのか決めていた。

ズバリ、たたきである。

こうも新鮮なものを塩焼きにするのは勿体ない。ここはぜひ、生のまま食すのがいい。

そうと決まれば下ごしらえだ。

紫乃は桶に大量に入った鯵を一匹摑むと、丁寧に尾から頭に向かって包丁を滑らせる。鱗を削ぎ落とし、漏れがないのを確認すると、次にゼイゴを削ぎ落としていった。

それから胸びれを立て、頭を切り落とした。

流れるように腹に刃を入れて内臓を掻き出す。血合いを抜き出しやすいように切り込みを入れておいた。

水がたっぷり入った桶に鯵を入れ、丁寧に腹の中の血合いや汚れを取っていく。それをひたすら繰り返す。

「姐さん、手伝いましょうか」

「ありがとう」

料理番の数人がやって来て、鰺の下ごしらえを買って出た。

ちらりと見るとその手つきは慣れたもので、さすがというところだ。

今までは母と二人か自分一人で調理していたものだけど、手が多いというのは助かる。

頭を落とし、内臓を取って綺麗にした鰺が積み重なってゆく。

桶いっぱいになったところで次の作業、三枚おろしだ。

紫乃は黙々と鰺を三枚におろした。

包丁を入れ、中骨に気をつけつつもなるべく身を多く残すようにおろしていく。

鰺を刺身にする上で面倒なのが、血合い骨と呼ばれる骨を取り除き皮を剝ぐ工程だが、これを怠るわけにはいかない。

幸いにも手はたくさんあるので、手分けをしてひたすらに鰺の処理をしていった。

「下ごしらえ終了」

「これをどうするんですかい？」

「たたきにする」

「そりゃあいい」

「朝から鰺のたたきかぁ。酒が欲しくなるな」

「飲まないように」

「わかってますって」

料理人たちと軽口を交わしながら、紫乃の手は淀《よど》みなく動き続けていた。

鯵のたたきを作る時の留意点。

それは、鯵と適度な大きさに切った薬味とを一緒にたたいて味を馴染ませる。

この時たたきすぎると粘り気が出てしまうので、注意しなければならない。

今回使う薬味は葱《ねぎ》と生姜《しょうが》だ。

生姜は皮を剥いて細切りに刻み、葱も適度な大きさにしてから大量の鯵と共にたたいていく。

タンタンタンタン、と規則正しいリズムで包丁がまな板を打ちつけていく音が厨に響く。

やがて出来上がった鯵のたたきを、素早く盛り付ける。

仕上げに胡麻《ごま》と刻み海苔《のり》を載せ、醬油をかければ完成だ。

「姐さん、こっちも出来上がりましたよ」

「ありがとう」

頼んであった飯と味噌汁も出来ているようだ。何も言っていないが、きんぴらと香の物も添えてある。

「よし、じゃあ。朝餉にしよう」

「おぉ」

「待ってました！」

各々の御膳に料理が並ぶ。全員が一斉に、祈りの言葉を口にする。

「雨神様の加護にて育った、この土地の食物を頂ける事に感謝を」

両の手を合わせて食物への感謝の気持ちを捧げ、それから箸を取った。

まずは自分で作った鯵のたたきから。

コリっとした食感の生の鯵に、生姜の微かなピリリとした味わい、葱のシャッキリした舌触り。そこに海苔の風味と胡麻のプチプチした食感が合わさる。醤油の加減も程よい。

うん、我ながら美味しく出来ているなと満足した。

やはり魚が新鮮だと、たたきも美味しく出来上がる。

そう思ったのは紫乃だけではないようだった。

「この鯵のたたき、ウメェな」

「さっすが紫乃姐さん、こうも絶妙なたたきを作れるとは」

「並の奴がやると鯵が大きすぎたり、逆にたたきすぎて粘っこくなったりするもんなぁ」

た。

「あぁ、美味い」

手放しで褒めてくるのは、同じ御膳所で働く料理番たちだ。

他の使用人たちも美味い美味いと絶賛してくれ、紫乃は「そうだろう」と大きく頷いた。

紫乃は料理を褒められた時、謙遜しない。母直伝の作り方が不味いわけがないだろう、という気持ちで褒められるのは当然だと受け止めていた。

鯵のたたきを食べながらも、伴代は眉尻を下げて残念そうな顔をした。

「にしても、こんなに美味いたたきが陛下に出せないのは惜しいですなぁ」

「どうして出せないんだ？」

「どうしてって、紫乃姐さん。いくら毒見が簡略化されても、陛下のお口に入るまでに最低でも半刻はかかるわけですから、その間に傷んでしまう可能性があるでしょう」

「そうか……！　そうだった」

紫乃は目を見開いた。

「同じ理由で、陛下は水菓子もお召し上がりになれないんですよ。もし水菓子を出した場合、観賞だけしておしまいです。まあ、その後我々の腹に入るんですが、腹を下したなんて奴の話を聞いた事はないんですけどねぇ。賢孝様がかたくなにダメとおっしゃるものでして」

「阿呆《あほ》らしい」

紫乃は呆れて思わずそう言ってしまった。

「食べてこその料理。見るだけでおしまいなんて、水菓子を冒瀆しているとしか思えない」

「俺らもそう思っているわけですが……せめて目で楽しんで頂けるよう、切り方を工夫したりしています」

「工夫の仕方が間違ってるよ」

紫乃は考えた。

この鯵のたたきは絶品だ。紫乃が凱嵐の夕餉用に選んだ鯵は、さらに脂のノリがよくぴちぴちのものであったから、きっと今食べているものよりも美味しいものが出来上がるに違いない。

紫乃は料理人として、その素材が最も活きる調理方法を取りたいと思っている。

今回はたたき一択だ。それ以外は許せない。塩焼きや煮付けなどもってのほかだ。

この素晴らしく美味しい鯵のたたきを、ぜひ凱嵐にも食べてもらいたい。

見るだけでおしまいなど、言語道断である。

腕を組み、どうやって凱嵐に鯵のたたきを食べてもらおうかとうんうん唸る紫乃に構わず、周りの使用人たちは勢いよく飯を食っていた。

「このきんぴらもなかなかだな」

「そりゃあこの伴代様が作ったもんだからな」

「漬物は誰が漬けたやつだ？」

「俺だ。程よいだろ」

「ああ、ちょうどいいな」

皆、箸を動かす手が止まらない。

いい案が思い浮かばない紫乃は、とりあえず白米とやらを食べてみた。

艶やかで真っ白な米は甘みがあり、なるほど舌触りが良い。

麦が入っていないので、米の味が直《じか》に伝わってくる。

嚙み締めるほどに甘みが増し、虜《とりこ》になるのもわかる気がした。

しかし紫乃としては凱嵐同様、慣れた麦米のほうが好みだ。

（朝餉はともかく、夕餉は御膳所で麦米を多めに炊いて握り飯にして食べよう）

そう心に誓う紫乃である。

あっという間に朝餉を終えた使用人の一人が、楊枝《ようじ》で歯を磨きながら呟いた。

「あー、ウメェ。久々にご馳走食ったな」

「ご馳走？　どのあたりがご馳走だ？」

「どのあたりって……おかずが二皿もついてくるあたりだろ」

言われて紫乃は首を傾げた。

「日に一回は一汁三菜、が当たり前じゃないのか？」

「そんな贅沢な暮らしができるのは、貴人様くらいなもんよ。俺らは一汁一菜がせいぜい。そんでも天栄宮で働いてると、一皿のおかずが豪勢だったりするからいいよな」

「そうだったのか」

「御料理番頭様ともなると、日々の食事も豪華なもんだなあ」

「ま、雨綾に住んでるだけで白米が食えるから儲《もう》けもんだけどな」

「おうよ、俺の生まれ故郷じゃ、いまだに米より稗《ひえ》や粟《あわ》のほうが量が多いくらいだぜ」

「米をたらふく食えれば、満足できるもんなぁ！」

紫乃の生活はずっと一日一回は一汁三菜であったので、特に疑問に思った事はなかったのだが、どうやらそれは普通ではなかったらしい。

調味料や調理器具についても同様だ。

母がかつて御料理番頭だったから、天栄宮を去った後も特別な便宜がされていたのかな、と紫乃は考えた。

そうこうしていると、「紫乃～、紫乃～」と紫乃を呼ぶ声が聞こえる。

「何だ？」

「誰の声だ？」

怪訝に思った使用人たちが箸を止めて声の出どころを探ると、一際大きい「紫乃ぉぉおお！」という声と共に厨の戸が派手に開かれた。

そこには人型の花見が、半べそをかきながら立っている。紫乃はひとまず挨拶をした。

「花見、おはよう」

「おはよう、じゃにゃい！　起きたら紫乃はいないし、腹は減ったしで散々な目覚めだったんだぞ！」

「よく寝てたから、起こすのが申し訳なくて」

「確かに、あまりの布団の寝心地の良さに起きたくなかったけど！」

天栄宮の布団は、紫乃が山小屋で使っていた煎餅布団とは比べるべくもない寝心地だった。ふっかふかでぬくい。

紫乃は知らないが、山小屋での暮らしは食事を除くと基本的に平均以下だった。

着物は付近の里の者が着ているものと変わらない生地と仕立てだったし、小屋の作りも簡素で大雨が降ると雨漏りがした。

なので、確かに布団に心奪われる花見の気持ちがわからないでもない。

騒ぐ花見を見て、食事を取っていた使用人たちが「尻尾が生えている」「噂の猫又様か」などとひそひそ話していた。もう噂になるほどには、花見の話が出回っているらしい。

紫乃は立ち上がり、花見に声をかける。

「心配しなくても、まだ朝飼はたんまり残ってる。食べなよ」

「さっすが紫乃」

「あんまり遅くなりそうだったら、起こしに行こうと思ってたんだ。今日のおかずは鰺のたたきで、時間が経つと傷むからね」

言いながら紫乃は、花見のために飯をこんもりと茶碗に盛る。白米を物珍しそうに見つめていた花見は、何気なく呟いた。

「それなら、たたきの状態で氷室にでも突っ込んで保管しておけばいいんだにゃあ」

瞬間、紫乃の朝飼を用意する手が止まった。

そして首をぐるっと巡らし、花見を見る。

「花見、それだ」

「にゃ?」

凱嵐に鰺のたたきを食べさせる方法が、見つかった。

朝飼を終えた紫乃は、自身の腹を撫《な》でさすっていた。

食べすぎたかな、と思う。

いつもの朝餉と変わらない量だったのだが、前日の夜に毒見で一膳しっかりとした夕餉を食べていたので、なんとなく胃がもたれている。

使用人は一食一菜が普通だと聞いているし、明日からは朝を軽めに、夜にきっちりと食べるようにしようと心に誓った。

「紫乃、どこ行くんだにゃあ」

「御膳所の食料蔵」

横を歩く花見に聞かれ紫乃は答える。

使用人の宿舎の隣が御膳所なので、行き来は楽だ。

御膳所の内部に入ると、朝餉と昼餉の厨内で何やら作業をする音が聞こえた。

昼餉はともかく朝餉はもうとっくに終わっている時間、一体何をしているのだろうと不思議に思ってそっと中を覗くと、そこではじさまの指示のもと野菜の下ごしらえや漬物瓶の蓋を取り糠床《ぬかどこ》を確認する様子が見られた。

じさまの細い体のどこからそんな力が出せるのやら、厨中に響く声で指示が飛んでいる。

「糠を掻き回しすぎるでないっ！　不味くなるじゃろうっ！」

「はい、じさま!!」

「紫乃、あれ何やってんだにゃ？」

「多分、明日の朝餉の下準備」

「もう？　まだ今日が始まったばかりだろ」

「明日やったんじゃ間に合わないから、こうして前日からやってるんだ。なるほど、それで厨が三つもいるのか」

紫乃は納得した。

朝、昼、夕、三つの厨を用意して各料理人が自由に動けるようにする。

たかが一人の食事のために大袈裟すぎるが、まあ効率が良いといえばその通りだ。

再び食料蔵に向かって歩き、蔵の戸を開けた。

そこには紫乃が手配した鯵が藁《わら》に包まれ棚に保管されている。

鯵を確認し、隣に置いてある物体を見て、「よしよし」と頷いた。

「これだけあれば十分足りる」

「にゃ？」

「よし、厨に行こう」

「まだ夕餉の準備には早いんじゃない？」

「うん、他にやる事が出来たんだ」

「？」

首を傾げる花見に紫乃はキッパリと告げた。

「礼儀作法ってやつを覚えないといけない」

「レイギサホウ？」

この世で最も礼儀作法とは無縁な存在である花見は、首を真横を向くまで捻《ひね》って疑問符を頭の上にたくさん浮かべた。

「行けばわかるよ」

大鈴はどこにいるだろうと考えながら、とりあえず夕餉の厨に顔を出そうと歩いていた紫乃であったが、後ろから声をかけられて立ち止まった。

「紫乃様」

「大鈴、ちょうどよかった。探していたんだ。今、時間ある？」

「はい。ちょうど朝餉を終えたところです」

空の食器を載せた膳を持っていた大鈴は、にこりと微笑んだ。

「どうかなさいましたか？」

「礼儀作法を教えてもらえないかなと思って」

「まぁ！」

紫乃の言葉に大鈴は瞳を輝かせた。

「それはもう、喜んで。では、膳を片付けたら早速！　どちらでなさいますか？」

「じゃあ、夕餉の厨で……」

「かしこまりました。すぐに参りますので、紫乃様は先に厨にてお待ちくださいませ！」

がぜん張り切る大鈴を見送り、紫乃は夕餉の厨で大鈴を待つ。

すぐにやって来た大鈴。

「お待たせいたしました、紫乃様。花見様もご一緒にいかがです？」

「にゃんでワテまで？」

「妖怪といえども人型になれる以上、覚えておいて損はないはずですよ」

「ええぇ……」

「いいじゃん、一緒に覚えようよ花見」

「紫乃が言うならまあ……しょうがないにゃあ」

かくして夕餉の厨内にて、大鈴先生による礼儀作法講座が始まった。

厨には小上がりの座敷《ざしき》部分があり、そこで普段は膳の盛り付けや最終確認、最初の毒見などをするらしいのだが、今回はそこで礼儀を教わる事にする。

大鈴に向き合って正座をする紫乃と花見。

背丈の高い大鈴は座っていても上背があり、姿勢を正して向き合うと見上げる形になる。

美しい顔ではあるが、その大きさ故かどこか威圧感のようなものがある大鈴であるが、紫乃と花見は別に気にしなかった。

「さて、では、紫乃様に花見様。礼儀においてまず最も大切な事は、『お辞儀』にございます」

「お辞儀」

「そうです。陛下に対面する時は、必ず『平伏』。陛下に出会ったならば即、その場に正座し、地面に掌をつけ、真ん中に頭を置きます。こんな風に」

言って大鈴はすっと掌をやや前につくと流れるように頭を下げた。

「さ、やってみてくださいませ」

紫乃と花見の二人は見よう見まねで平伏してみた。

「紫乃様、もっと頭を下げてくださいませ。花見様は背筋が曲がっておいでです。やり直してください」

途端、大鈴からのダメ出しが飛んできた。

こんな感じかな？ と二人で指摘された箇所を直し、再度平伏してみる。

「今度は首が畳にめり込みすぎて、形が不恰好になっていますよ。もっとつむじが地面と平行になるように、そして首元を陛下の御前に晒すのです。『わたくしは凱嵐様に捧げると決め、首を切り落とされてもいい。それほどまでに忠誠を誓い、生涯を凱嵐様になめています。凱嵐様に殺されるのであれば、むしろ本望』――そう気持ちを込めて、平伏するのです」

大鈴はかっと目を見開き、腹の底からそう声を絞り出した。

難しい、と紫乃は思う。

平伏とはなんと難しいのだろう。

ただ頭を下げればいいわけではないのか。相手に絶対の忠誠を誓っている事を、所作で示す。

——そうした意図があるとは、思いもしなかった。

横で花見がボソリと呟く。

「ワテ、あのいけ好かない男に忠誠を誓うのは無理だにゃあ」

「わかる」

「何か言いまして？」

「「イエ、ナンデモアリマセン」」

花見の言葉に同意した紫乃であったが、大鈴に聞かれたら怒られるので二人は揃って誤魔化した。

何せ、凱嵐が連れて帰ってきたという理由だけで手放しに紫乃を信頼し、なんの疑問も持たず御料理番頭になるのが当然と考えるような人なのだ。悪口など言ったらどうなるか、考えるだけでも恐ろしい。

とにかく平伏だ。

その後も紫乃と花見の二人は、大鈴に指摘されるがままに何度も何度も平伏の所作を繰り返し続けた。

四半刻は平伏の練習をしただろうか、ようやく「形になってきましたよ」というお墨付きをもらえて安堵する。

「この平伏を、陛下が視界に入った瞬間にいつでもどこでもするのです。たとえ土砂降りの雨でぬかるんだ地面であっても、平伏をしないという選択肢はございません。『自分の身が汚れるより、陛下への礼儀を重んじる』。そうして忠誠を示すのでございます」

「…………」

もし仮にぬかるんだ地面で凱嵐に出くわしたら、気づかないふりをして即座にその場から逃げようと紫乃は心に誓った。

「さ、次は立礼の練習ですよ！　立礼とは、立ったまま頭を下げる礼の事。これは陛下以外の身分の高いお方にお会いした時にする礼で、大体の方には道を空けて立礼をしておけば難を逃れられます」

「まだあるの？」

「まだまだございます！」

張り切る大鈴に今度は立礼とやらを教わる紫乃。花見はいつの間にか姿を猫に変えていて、畳の上でだらりと寝そべり眠り始めた。紫乃はジロリと花見を見た。

「自分だけサボるなんてずるい。夕餉はおかず一品少なくしてやる」

「にゃっ⁉」

花見は毛を逆立てて驚きを露わにしてから、慌てて再び人間の姿になって立礼の練習に参加した。

「礼儀作法を重んじるのは、凱嵐様より主に賢孝様なので、賢孝様にお会いした時のために完璧な礼を覚えておくべきですよ」

そんな話を聞きながら紫乃と花見は立礼の練習をし、大鈴はテキパキとした指摘を送る。

「紫乃様、腕が曲がっておりますよ。もっと優雅に。……あら大変、そろそろ昼餉をお運びする時間だわ」

ようやく大鈴がお辞儀の練習を止めた。

「なかなか様になってきましたわよ、紫乃様。あとは敬語の練習をしなければなりませんね」

「敬語？　何だそれは」

「わたくしのような丁寧な話し方の事にございます」

「あぁ、それ敬語というのか。都特有の方言のようなものなのかと思っていた」

「……紫乃様は、常識も身につけたほうがようございますね」

「もしかして私、常識外れ？」

「少々、そのような面もあるかと……」

大鈴のかなり控えめな言い方に、紫乃は自分がいかに偏った知識しか持っていないのかようやく少しだけ自覚できた。

「さぁ、では、わたくしは参りますね。また時間がある時に練習いたしましょう」

「うん、ありがとう」

去っていく大鈴を見送ると、紫乃はさて、と立ち上がった。

まだまだ陽は高いが、夕餉の支度にしよう。

何せ集まった食材を吟味し、献立を考えるところから始めるので時間がかかる。日によって集まる食材にばらつきがあるから、何を作るかはその日に考えなければならない。

「慣れない事したから体が痛い……気分転換に散歩してくるにゃあ」

「いってらっしゃい」

厨から出る花見を見送り、何にしようか顎に指を当てて考える紫乃の元に伴代がやって来た。

「紫乃姐さん、昨日は一汁五菜でしたが、本来ならばあれに酒と菓子、薄茶がつくんですよ。って言っても朝に言った通り、果物は陛下の口に入る事はないんですがね」

「焼き芋や羊羹《ようかん》なんかはどうだ？」

「陛下はあまり甘いものがお好きではないんです。逆に執務補佐の賢孝様は甘いものがお好きなので、賢孝様と膳を共にされる時にはお出ししております」

「その賢孝様というのはどんな人なんだ？　ちょくちょく名前を聞くんだけど」

「賢孝様は凱嵐様を剛岩時代からずっとお支えしているお方で、大変な切れ者ですよ。『動の凱嵐様、静の賢孝様』と言われるほどに二枚岩になっているお方でしてね。凱嵐様が戦場を率先して駆け回り、バッタバッタと敵を倒すお方なら、賢孝様は後ろにて的確な指示を出す。そうして二人で剛岩と周辺地域を駆け回って妖怪を討伐して回り、『剛岩の二英雄』と呼ばれるまでになったのです。

　勢いそのままに各地に出没していた強力な妖怪や盗賊を討伐して治安回復に努め、先代皇帝を失って混乱の最中にあった雨綾にやって来て、あっという間に凱嵐様が帝位に就けるよう画策したお方です」

「へぇ」

「先代皇帝が急逝し、皇太子様はとうの昔に病気でお亡くなりに。空白になった帝位争いでしっちゃかめっちゃかになっていた天栄宮に、軍を率いたお二人が颯爽《さっそう》と現れた時には俺は感動しました。強者の貫禄《かんろく》を漂わせる凱嵐様に、静かながらも只者ではない雰囲気を醸し出す賢孝様。お二人は、血で血を洗う争いを繰り広げる天栄宮に風穴を開け、新しい時代の幕開けを約束したのです。ちなみに大鈴もその時凱嵐様が連れてきた一人なんですよ」

「そうだったのか。随分とがい……陛下に心酔しているように見えたけど」

「何でも死のうとしていたところを陛下に助けられたらしく、以来陛下に一生を捧げると決めたそうです」

それは随分と重い決意だ。

伴代はこそりと耳を打った。

「その時の話をし出すと長くなりますから、聞かないほうがいいですよ。俺は一刻、時間を無駄にしました」

「……………肝に銘じておく」

伴代の心からの忠告に紫乃は頷いた。

「ちなみに賢孝様は疑い深いお方なので、きっと紫乃姐さんも近いうちに目をつけられますよ。それまでに一通りの礼儀を身につけられるよう励んだほうがいいと思います」

「わかった」

紫乃は凱嵐や賢孝に気に入られたいとは全く思っていないが、母に引けを取らない御料理番頭になるためにも、自分も礼儀作法とやらを覚えなければならない。

紫乃にとって母は尊敬する人物であると同時に永遠の好敵手だ。母にできて自分にできない事などあってはならない、と思っている。

「ともあれ今日の夕餉の献立ですね。朝餉と昼餉の献立は覚えていますか?」

「うん。朝に蔵の前で聞いたから」

「ですがいざ調理段階になると急に献立が変わる場合もあります。念の為、朝昼の御料理番頭に聞きに行ったほうがいいでしょう」

「なるほど、わかった。行こう」

伴代と連れ立って朝餉の厨に顔を出し献立を教えて欲しい旨を伝えると、なんと厨に残っている料理番から「じさまはもう寝たよ」と告げられた。

「もう?」

紫乃は思わずそう言った。まだ昼を過ぎたばかりの時間だ。

驚く紫乃に朝餉の厨にいた料理番は説明をしてくれた。

「じさまは朝が早いんですよ。何せ丑三《うしみ》つ時《どき》には起きて、日課の乾布摩擦をするものだから、寝るのも早いんです」

「早いと言っても早すぎないか」

丑三つ時は朝というより深夜で、まだ陽が昇るまでに随分と時間がある。

そんな時間に起きて乾布摩擦しているなど、なかなか元気な老人だ。

「まあ、夜中に厠《かわや》へ行く時に、月夜に照らされながら乾布摩擦をするじさまに出会うと驚きますよ。なんかそういう妖怪かと思いますから。真っ暗闇の中、シュッシュッシュ……って皮膚を手ぬぐいが擦る音と、じさまの息遣いが聞こえてきましてねぇ。で、何の話でしたっけ？　あぁ、朝餉の献立ですね」

料理番はそう言って朝餉に出した料理を教えてくれた。

お次は昼餉である。昼餉の厨は現在、膳を凱嵐に出す直前で、ピリッとした空気が流れていた。

昼餉の旦那を筆頭に黙々とそれぞれの作業に没頭していて、静まり返っている。

「話しかけづらいな……」

思わず紫乃がそう言うと、隣の伴代も「そうですね……」と頷いた。

御料理番頭が無口なせいで、厨全体も無口になってしまったのだろうか。

しかしたまに旦那が顔を上げ、厨の中を見て歩き、「ここはこう」「この平はこうだ」などと短く指示を出し、それに他の料理番が「はい」「わかりました」と返事をしているので、意思疎通はとれているようだ。

無駄がないやりとりは見ていて感心するが、余所者《よそもの》を寄せ付けない雰囲気が漂っている。

そんな風になんとなく厨の入り口に立っていたら、後ろから棘《とげ》のある声が飛んできた。

「ちょっと、おどきよ。そんなところに突っ立たれちゃあ邪魔よ」

続いて紫乃の体が横に乱暴に突き飛ばされる。

割って入ってきたのは、毒見番の美梅だ。美梅は紫乃と伴代に目もくれず、数人の毒見番を連れて厨へと入っていった。

「昼餉の旦那。毒見に来たわよ」

「……そこにある」

すでに出来上がっている膳を旦那が指差すと、毒見番の一人がさっと足を進めて膳を持って小上がりに上がった。早速箸を手に食事を始める。

その間、美梅は昼餉の旦那と話し込んでいた。

「あら、今日の魚はまた一段と美味しそうね」

「鱸だ。塩を振って焼いた」

「こっちの香の物は蕪《かぶ》の浅漬けかしら」

「ああ」

心なしか、旦那の口数が増えた気がする。

ぼんやりとやりとりを眺めていると、伴代に脇を小突かれた。

「姐さん、献立聞いちまいましょう」

「そうだった」

紫乃は美梅と旦那の会話に割って入るべく、厨にようやく足を踏み入れた。

膳を挟んでのやりとりをする美梅と旦那は侵入してきた紫乃と伴代に目を向ける。

「昼餉の献立を聞きに来た」

「……見ての通りだ」

美梅に対するのとは異なるぶっきらぼうで親切心に欠ける物言いに、伴代が少しムッとした顔をする。

「旦那、説明する気はないのかい」

「あらぁ、新しい夕餉の御料理番頭様は、いちいち説明しないと献立すらわからないのかしら？」

伴代の言葉に反応したのは美梅だ。嘲るような笑みを浮かべた彼女は、小馬鹿にするように紫乃と伴代を交互に見つめる。

先ほど蔵前で出会った、奥御膳所の御料理番頭に負けず劣らずの嫌味っぷりである。

しかし紫乃は膳を見たままふむ、と納得する。

「なるほど、平に使っているのは甘藍……肉は雉肉《きじにく》か」

すると、こちらを見もしなかった旦那の視線が不意に紫乃へと注がれる。

「見ただけで肉の種類までわかるのか」

「雉肉はよく食べていたから」

基本的に山に住む野生動物を花見が仕留め、紫乃がさばく生活をしていたので、よく食べていたものならば見分けがつく。特に猪と雉であれば簡単だ。

汁物の椀はすでに蓋が閉まっているので中身が見えない。紫乃は小上がりに近づいて、毒見番が食べ進めている膳を見た。

「椀の汁物は浅蜊《あさり》と若布」

「……そうだ」

旦那がこっくりと頷く。

「よし、献立はわかった。伴代、厨に戻るぞ」

献立がわかればもう用はない。お世辞にも歓迎されているとは言えないし、さっさと夕餉の厨に戻る事にしよう。

「邪魔したな、ありがとう」

「……ああ」

旦那からの短い返事を聞きながら、静かすぎる厨を後にした。

「姐さん、見ただけでわかるなんてさすがです」

「ん？」

「肉の種類。俺は見分けるのに五年はかかりました」

「そういえば伴代って、どのくらいこの御膳所で働いてるんだ？」

「十歳の頃からなので、もう二十六年目になります」

「そんなにか？　長いな」

驚き目を見開く紫乃に、伴代は「まぁ、俺にとっては料理が全てなんで」と言う。

「しがない餓鬼だったんですよ。物乞い同然の暮らしをしてましてね。紅玉様に拾って頂けなかったら、きっと今頃俺は死んでるか、野盗にでもなっていたと思います。紅玉様と、紅玉様の料理が俺にとっての全てなんです」

その言葉には実感がこもっていて、紫乃は伴代が心の底から母を尊敬していたのだなと感じ、同時にそんな伴代に共感した。母を慕う人に悪い人などいないし、料理を好きな人にも悪い人はいない。つまり伴代はいい人だ。

「私は料理はできても御膳所内の事は何もわからないから、伴代がいてくれて助かるよ」

「お役に立ててるんなら、よかったです」

頭に手ぬぐいを巻いた伴代は、照れ臭そうな顔をして頬を掻いた。

厨に御料理番が集まった。十人の料理人は、紫乃の指示で動く。

紫乃は集まった面々を見回し、まずは献立について切り出した。

「夕餉には取肴《とりざかな》で鰺のたたきを出す」

紫乃が言うと、厨の中はざわめきに満ちた。

「姐さん、それは難しいと思いますが」

料理人の一人がおずおずと手を上げて言うも、紫乃は「大丈夫」と請け合った。

「鰺のたたきは傷まないように工夫をして出すから、問題ない。他の献立は平に鴨肉《かもにく》と野菜の炊き煮、焼き物は鯛の塩焼き、なますは若布と大根で、汁は豆腐にしよう」

「わかりました。俺たちは何をすればいいですか？」

「今朝と同じ。麦米を炊いて、食材の下ごしらえ」

はい、と一斉に十人の声が重なり即座に動き出す。

誰が何を担当するか短く言葉を交わして決め、食材を洗う者、火を熾す者とそれぞれだ。

紫乃は朝と同じく鰺の準備をする。凱嵐のために選んだ鰺は艶やかで、エラは鮮やかな赤色をしている。これを今からたたきにするぞと勢い込み、紫乃は包丁を手に取った。

七

給仕番を束ねる大鈴は、本日、夕餉前にちょっとした厄介事に見舞われていた。

皇帝である凱嵐が無茶を言い出したのだ。迷いのない足取りでズンズンと天栄宮を進む凱嵐に、大鈴は小走りでついていく。

「陛下、本当に行かれるんですか？」

「くどいぞ、大鈴。俺に二言はない」

「ですが……賢孝様はもうご存じなのでしょうか？」

「賢孝には後で言う」

「さぞお怒りになられるのでは……」

大鈴の言葉に凱嵐は眉を吊り上げた。元の顔立ちが良いので、こうして怒り顔となっても絵になるのだが、ときめいている場合ではない。

「大鈴。この国で最も権威ある人物は、俺ではなく賢孝か？」

「滅相もございません。陛下こそが十の諸国を従える真雨皇国の皇帝にございます」

「なら、いちいち賢孝の顔色を窺わなくても良かろう」

「はい、おっしゃる通りにございます」

「大体お前たちは心配性すぎるんだ。飯の時くらいもう少しくつろぎたいと思うのが人間だろう。剛岩の時はいつでも飲めや歌えやの大騒ぎだったというのに」

「それは、まぁ、お立場が変わりましたので仕方のない事かと」

「またそれか」

足をピタリと止めた凱嵐が大鈴を振り返り、心底嫌そうな顔をした。

「お前も賢孝も、天栄宮に入ってからどうにも俺と距離をとりすぎている。昔のように食事を共にすれば良いではないか」

その言葉は凱嵐の本音なのだろう。

剛岩にいた時はもっと距離が近かった。共に食事を取るのが普通だったたし、朝まで飲んで大騒ぎしたのも一度や二度ではない。

とは言われても、戦場の天幕内や旅の途中の野営地ならばともかく、一介の臣下にすぎない大鈴が、天栄宮で凱嵐と食事を取っていたらあまりにも変な光景だ。

それを重々心得ているからこそ凱嵐も今まで無茶を要求してこなかった。帝位就任後すぐに起こった毒殺未遂があってからは、賢孝の過剰すぎるほどの御膳所への指示も渋々受け入れていた。

そんな微妙な均衡を破ったのが紫乃である。

紫乃は昨夜、「明日からは、厨近くの部屋で待機していて欲しい」と言った。

「少しでも出来立ての料理を食べて欲しいから」とも。

それは料理人として至極当然の要望だと思う。冷め切った不味い料理など食べて欲しくない、出来立ての一番美味しい状態を味わって欲しい、紫乃の言葉には純粋にそのような気持ちが込められていた。今まで御膳所の誰も言い出せなかった、けれど誰もが胸に抱えていた本音だ。

裏も表もない純粋な言葉に機嫌を良くした凱嵐が「ならば、そのようにしよう」と答え、今に至る。凱嵐も実直な人間なので、紫乃のような人間を好ましく思うのも理解できた。

そう、凱嵐は今、御膳所を目指して歩いていた。

「そうだ、どうせなら厨で食べるというのはどうだ。そうすれば膳を運ぶ手間が省けるし、その時間だけ早く飯にありつける」

「恐れながら、厨にはとても陛下が腰を落ち着ける場所などございません」

「大鈴、お前なら知っているだろう。俺が、地べたに座って食事を取るのも厭《いと》わないような人間だと」

「ですが……」

「構わん。形式よりも大切なのは、出来立ての飯を食べる事だ」

あぁ、駄目だわと大鈴は心の中で嘆いた。

一度言い出したら聞かないのが、凱嵐様の癖だ。この決断力で皆をぐいぐいと引っ張っていったのだが、今は少々困る。

これはもう絶対に賢孝様の耳に入ったら雷が落ちてくるだろうなと思いつつも、御膳所目指してまっすぐに突き進む皇帝陛下の後を大人しくついていった。

◇

「入るぞ」

厨の外からそんな声がかけられたのは、ちょうど盛り付けが終わって紫乃が最後の確認をしている時だった。

誰が入ってくるのかと訝しみながら皆で戸を見つめると、開け放たれた戸の先で見えたのは、他ならぬ皇帝陛下その人である。

「へ……陛下⁉」

驚き慌てふためく御膳所の料理番たち。当然だ。同じ天栄宮という場所にいれど、一介の料理番では普通ならお目にかかれないような雲の上の人物の登場に、紫乃を除いたその場の全員が慌てた。

「昨日、紫乃が厨近くの部屋に来いと言っただろう。どうせなら厨で食べようと思い、来た」

「⁉」

このやりとりを知っているのは紫乃と給仕番のみだ。事情を知らない料理番にとっては、訳のわからない常識外れの発想である。御膳所の中は騒然とした。

そんな中、紫乃は一人素早く動いた。

皇帝たる凱嵐の姿が見えた時、どうすれば良いか。それを教わったのはつい数刻前の話だ。

紫乃は流れるようにその場に膝をつくと、手を前へと突き出し、頭を下げる。

決まった、と紫乃は思った。完璧な平伏だ。

あとは何をすればいいのか。何か言ったほうがいいのだろうか。

少し迷った紫乃は、口を開く。

「今しがた料理が出来上がったところだ、ゆっくりして行け……です」

「！！？？」

あんまりな紫乃の言動にその場の全員が絶句する。

一方の紫乃は地面に顔を伏せつつも口の端を持ち上げてほくそ笑んだ。

（平伏もして、敬語も使えた。私、完璧だろう）

敬語のなんたるかがわからない紫乃は、とりあえず語尾に「です」をつけてそれっぽくしてみた。それがとても敬語ではなく、それどころか上から目線極まりない発言であるとは全く思っていなかった。

厨はシーンとした。

異様な雰囲気に包まれた。

ふと、上から楽しそうに喉を震わせる声が聞こえる。

「………はっはっはっ！　そうだな、ゆっくりさせてもらおうか」

凱嵐だった。

豪快な笑い声を漏らした凱嵐は、ずかずかと厨内に入り込み、普段は膳を運ぶための支度場所として使われている小上がりの座敷へと座り込む。

全員が呆気に取られる中、紫乃はちらりと大鈴の顔を見た。

その視線の訴えに気づいた大鈴が動く。膳を手に取り、恭しく掲げ持ち、凱嵐の前へ置く。そして向かいには紫乃の分も。

立ち上がった紫乃は草履を脱いで小上がりに上がる。出来立ての膳はまだ麦飯も煮物も湯気が立ち上っており、周囲に食欲をそそるいい香りを漂わせていた。

凱嵐は目の前に出された膳を見て首を傾げた。

「この小鉢の下に敷いてあるのは、氷か？」

「そうです」

「なぜ氷が？」

凱嵐の疑問に紫乃はニヤリと口の端を持ち上げて笑った。

自分の前の膳にある、全く同じ陶器の蓋を持ち上げる。中から現れた品に凱嵐の目が見開いた。

「これは……！」

「鯵のたたきだ」

紫乃は得意げに告げた。

「時間が経っても食べられるように、氷を小さな皿に敷き詰め、その上に小鉢を置いて傷まないように工夫をした」

もちろん、これは氷が潤沢に手に入る冬か、せいぜい春までしか使えない提供方法ではあるけれど。

いくら山育ちの紫乃でも、そのくらいの知識はある。

夏場は山の洞穴に蓄えてある氷で食料を保存してやり過ごすのだが、だんだん溶けていく氷を見て不安になるのが常だった。

こんな贅沢な使い方ができるのは、料理を出す相手が腐っても皇帝だから。

凱嵐は目の前に現れた、薬味を纏って艶やかに輝く鯵のたたきを食い入るように見つめていた。喉仏が上下し、唾を飲み込む生々しい音がする。

よほど生の魚に飢えていたのか、凱嵐の鋭い目には凶暴な色が宿り、鯵のたたきをとらえて離さない。絶対に喰《く》らい尽くしてやるという強い意志を感じた。

近くにいた大鈴が「はうっ……！」と短い声を漏らした。何事かと横目で見ると、ぎゅうっと強く胸元の着物を握りしめ、何かに耐えている。朱に彩られた大鈴の唇から、吐息混じりの苦しげな声が漏れた。

「凱嵐様の、あの猛々《たけだけ》しくも色気のある視線……あんな目で見つめられたら、どうにかなってしまいそうだわ……！」

視線を向けられているのが大鈴ではなく、鯵のたたきでよかったなと紫乃は思った。

ともかく他の料理が冷めないうちに、さっさと毒見を済ませなければ。

紫乃は今しがた料理番たちと共に作り上げた夕餉の膳に箸をつけた。

「よし、四半刻きっちり計るぞ！」

ちなみに真雨皇国では庶民は時計を持っておらず、寺と天栄宮の鐘楼殿《しょうろうでん》で鳴らされる鐘を頼りに大体の時刻を知るのだが、皇帝ともなると話は別だ。

立派な飾りのある時計を持つ凱嵐はわざわざそれを厨に運び込んできて、紫乃が毒見をした後の時間を計っていた。

四半刻が経った後の凱嵐の食事に対する姿勢はかなり前のめりで、なかなかの勢いがあった。真っ先に鯵のたたきに箸を伸ばし、口にして、嚙み締める。

目尻にはうっすら涙が浮かんでいて、表情は恍惚《こうこつ》としていた。

「美味いな……！」

「どうも」

「生の魚を食べたのは十年ぶりだ」

鯵のたたきを嚙み締めながら凱嵐がこぼした言葉に、紫乃は憐憫《れんびん》の情を覚えた。

(国で一番偉いはずなのに、食事に不自由しているなんて可哀想《かわいそう》だな)

生姜と葱と薬味に包まれた鯵のたたきを無心で食べ、あっという間に食べ切り、おかわりで次の膳に載っていた鯵のたたきも食べる。

きっとたくさん食べるだろうと小鉢にしては多めの量を盛り付けていたのだが、それでも少なすぎたらしい。三杯目の鯵のたたきを食べ終えたところでようやく凱嵐が発したのが、先ほどの言葉である。それまでは一言も漏らさずに黙々と鯵のたたきを食べていた。

名残惜しそうにしながらも小鉢を綺麗に食べ終えた凱嵐は、次に麦飯に手を付ける。

紫乃の食事時間と毒がないか体内を巡る時間を入れると、どうしても凱嵐が食事をする時間は料理が出来上がってから半刻は経過している。

冷め切った麦飯を「おぉ、表面が乾いていない」と喜びながら食べる様を見て、紫乃はもっとどうにかならないものかと考えた。

より出来立てに近い食事を、一度冷めた料理を美味しく食べる工夫を。

紫乃が食事の提供方法を考えて首を捻っているうちに食事を終えた凱嵐は、満足そうな顔をして箸を置いた。

「今日の夕餉も美味かった」

「それは何よりです」

「明日も期待している」

そして颯爽と正殿に向かって帰っていった。

厨の面々は一様に平伏し、遠ざかる足音で凱嵐が完全に去ったのを確認すると、顔を上げてふぅと息をついた。

「まさか陛下が厨まで来るとは……驚きだ」

伴代はその場に正座をしたまま額の汗を腕で拭った。ざわめいているのは伴代だけではない。他の料理人も口々にその驚きを口にする。

「でも、陛下、楽しそうでしたわ。まるで剛岩にいた時のような表情を浮かべていたし」

まだ凱嵐が鯵のたたきを見つめていた時のときめきが収まらないのか、大鈴は上気した頬に片手を当ててそんな感想を漏らす。それに反応したのは伴代だ。

「陛下といえば雲の上のお方だと思っていたが、剛岩時代はあんなに気さくな雰囲気の方だったのか」

「ええ。盃を上げて皆で食事をするのが常でした」

「意外だな。賢孝様がそういうのは許さないかと思っていた」

「賢孝様がお変わりになったのは天栄宮に来てからでございます。昔から用心深い方ではありましたが、ここまでひどくはありませんでした。……それだけ天栄宮という場所が、信用ならない魔境なのでございましょう」

大鈴は眉間に皺を寄せて首を横に振った。

なるほど天栄宮というのは面倒な場所なのか。何にせよただの料理人である紫乃には、上のゴタゴタなど無関係だろう。

「ところで大鈴、私の平伏はどうだった？」

「お見事でございました。想定外の状況で皆が呆気に取られて動けない中、紫乃様だけが迅速な動きをお取りになり……陛下への忠誠心を見る事ができましたわ」

大鈴はにこやかな笑みを浮かべて、両手の先を合わせて褒《ほ》め称《たた》えてくれた。

そう言ってくれるならば一安心だ。よし、と思って次の確認に移る。

「敬語は？」

「…………練習が必要でございますね」

「ってか、ありゃ敬語とは呼べないでしょうよ」

物凄く控えめな大鈴の感想とは対照的に、伴代の言葉は手厳しい。

「一朝一夕で身につくものじゃありません。日常的に覚えていきましょう」

「うん。そうする」

「じゃ、姐さん、俺たちも夕餉にしましょうか」

「そうしよう」

伴代の言葉に紫乃が頷くと、花見があくびをしながら厨へとやって来た。見ると、茶色い髪には寝癖がついている。今の今まで寝ていたのだろう。寝ぼけ眼の花見は懐に手を突っ込んで胸元をボリボリとかきむしりながら、実にのんびりと紫乃に話しかける。

「紫乃、腹減ったにゃあ」

「ちょうど夕餉にするよ」

言いながら握り飯を作るべく、手を濡らしてから羽釜の蓋を持ち上げる。炊いてから結構時間が経っているはずなのに、蓋をしていたおかげでふんわりと湯気が立ち上った。米をしゃもじですくって掌に載せる。まだまだ十分温かい。

「あ、そうか」

握りながら紫乃は、気がついた。

「単純な話だったんだな」

「にゃに?」

首を傾げる花見の様子に、紫乃は今朝方の光景と既視感を覚えた。

全く今日は冴《さ》えていると思いながら花見に笑いかける。

「明日はもっと美味い膳を出せる」

なにしろ厨まで来てくれるというなら、やりようなどいくらでもあった。

◇

翌日、厨にやって来た凱嵐に、紫乃は昨日同様の平伏で出迎えた。

今回は他の料理番も心構えができていたので、凱嵐の入室と同時に全員がその場に跪き、頭を垂れる。

「お待ちしておりました」

と言ったのは紫乃だ。

「本日の夕餉は、陛下に温かな麦飯と汁物を召し上がって頂きます」

「ほう。それは楽しみだ。というか紫乃、随分と言葉遣いが丁寧になったな」

「それはどうも」

「……と思ったら、また元のお前に戻ったな……」

「気にするな。上がりにどうぞ」

チグハグな言葉遣いの紫乃に凱嵐が不審に思いつつも、特に咎めずに促された通りに小上がりの座敷へと足を向ける。

おかしな口調には当然、訳があった。

突然敬語が完璧になるわけがないから、あらかじめ話す台詞《せりふ》を決めておき、それを大鈴が敬語に直してくれたのだ。

よって、紫乃は決まりきった内容以外は敬語で話せない。

小上がりに上がった凱嵐の前に膳が差し出される。それを見た凱嵐は首を傾げた。

「なんだ？　茶碗と汁椀が空ではないか」

「左様でございます。私は、どうすれば陛下に出来立て熱々の料理をお召しになって頂けるか、考えました」

「ふむ」

「そして、ある結論にたどり着いたのです」

紫乃は自分の前に置かれた毒見用の茶碗を取り上げ、すっくと立ち上がる。

それからかまどまで歩いていき、羽釜の蓋を開けると、まだ熱気を放つ麦飯をしゃもじですくって自分の茶碗に盛り付ける。それから凱嵐を振り返った。

「食べる直前に、盛り付ければいいのだと」

「………………！」

凱嵐の目が、昨日の鯵のたたき同様か、それ以上に驚きに見開かれた。

「なるほど、その手があったか……！　紫乃、お前は天才か⁉」

凱嵐はよほど嬉しいのか、紫乃が温かな麦飯を食んで《は》いる間ずっとソワソワしていた。

毒見を終えた紫乃は、自分の体に異変がないのを確認した後、凱嵐の前に麦飯と味噌汁を盛り付けて出す。汁には一口大に切った猪肉と野菜、それに豆腐を入れてある。

待ってましたとばかりに凱嵐が飛びついた。

「おぉ、美味い。温かな飯と汁物は、山小屋で食べて以来だ。やはり飯は温かいに限るな！」

当然の事実だ。汁物は温かいものに限る。熱々の汁物をフゥフゥと息を吹きかけ、そっと椀に唇を寄せて啜る時の幸せ。そしてそれが口から胃へと流れていく時の、身を内側から焦がすほどの熱さ。一瞬で喉元を通り過ぎてしまうと、熱いのがわかっていつつもまた次の一口を求めて椀に口をつけてしまう。

出来立ての食事には不思議な魅力があると紫乃は常々思っていた。

朝起きて一仕事する前に作る、丁寧な朝餉。

腹が満たされると「さあ、やるぞ」という気持ちにさせてくれる。

そして一日の終わりに食べる夕餉は疲れた体を優しく癒《いや》してくれる。

「おかわりだ」

「はい」

夢中で食べ進める凱嵐は、紫乃を縛り上げて「御膳所に来い」と脅迫した時の威圧感とか、天栄宮に戻ってきた時に皆に出迎えられた一国の皇帝としての威厳とか、そうした一切のものと無縁の状態だった。

山小屋で紫乃の出した麦飯を食べていた時と同じく無邪気で無防備だ。ただひたすらに食事を楽しんでいる。

最上の食材が使い放題、どんな美食も思いのままに堪能《たんのう》できるはずの皇帝は、温かい麦飯と味噌汁というごくありふれた料理を心から喜んでいる。

それを見つめる御膳所の面々の気持ちはこうだった。

(陛下、可愛い……)

剣の腕で名を馳《は》せ、頑強な体を持つ美丈夫な皇帝が、この時ばかりは可愛く見える。いち料理人として厨で働く料理番たちは、作ったものをとても美味しそうに食べる凱嵐の姿に心底喜びを感じていた。


「紫乃姐さんが御膳所に来てくれて本当によかったです」

「ん?」

凱嵐が去った後、夕餉を取りながらポツリと伴代がそう口にした。

「いやぁ、凱嵐様、年々召し上がる食事の量が減っていっていたので。俺らだって冷めても美味いものをと工夫してお出ししていたんですけどね。やっぱり限界があるというか。手付かずで下げられてくる膳を見てはやるせない気持ちになっていたんですよ」

そうだそうだ、と言う声が他の料理番からも上がった。

「傑作だと思った煮物がそのまま戻ってきた時にはがっかりしたもんでさぁ」

「まあ、弁当に詰め替えてお役人様に売りつけると好評なんだけどな」

「毎食毎食冷や飯ばかり食わされたら、いくらなんでも飽きる気持ちもわかる」

「十年だもんな」

「お可哀想な陛下」

過去を思い出した料理番たちはしきりに凱嵐に同情し始めた。

確かに、いくら美味くても冷めた料理ばかり食べさせられてはうんざりもするだろう。紫乃も一日一食は出来立てのものが食べたい。

「だから、紫乃姐さんが御料理番頭になってくれてよかったって、俺は思うわけですよ」

「最初は猛反対していただろ」

「そりゃあ、まあ。いきなり現れた、俺よりずっと年下の娘が『今日から頭だ』と言われれば、誰でも驚くでしょう」

ばつの悪そうな顔で反論する伴代に、まあ確かにそうだろうなと紫乃は思う。

紫乃ほどの年齢で働く人間をこの天栄宮で見かけた事はほとんどない。いたとしてもそれはごくごく下っ端のような存在で、荷運びや掃除などの雑事に従事している。御膳所でも蔵でも、使用人宿舎でも、それなりの役職に就いている人間は年上ばかりだ。

小娘である紫乃が御膳所で最高位の地位に就いたとあれば、怒り狂うのもわかる。

まして伴代は料理人としての矜持《きょうじ》を持っており、御料理番頭としての自分を誇りに思っていたのだから。

「伴代の料理人としての考え方、私は好きだ。これからもよろしくお願いしたい」

「……！　はい、当然、お支えしますよ！」

伴代の言葉に他の料理番たちも「おぉ！」「任せてください！」と元気な返事をくれた。

横で見ていた花見が「紫乃、味方いっぱい」と握り飯を頬張りながら言う。

「本当だね」

山で暮らしていた時とは大違いの状況。紫乃の作る料理を「美味い」と言って食べてくれる人間がこんなにもいる。

それが紫乃の料理人としての自尊心を満たしてくれた。

数年前、花見に料理を振る舞ってから、気づいていた。

誰かに美味しく料理を食べてもらう事に喜びを感じるという事を。

（……母さん。母さんもこんな風に、御膳所で暮らしていたのかな）

握り飯を食べながら亡き母に思いを馳せる。

母が御膳所を追放された真相はまだわからない。

必ず突き止めてみせると思いながら、今はこの心地よい空間に身を委ねていたかった。

八

天栄宮の一角、正殿群と呼ばれる一際豪華な建物群の一つに凱嵐の私的な住まいである寝殿が存在している。五階建ての蒼塗りの御殿は、凱嵐の許可がなければ何人たりとも立ち入る事のできない場所だ。

その最上階となる『天の間』で凱嵐は書物を読んでいた。

ふと気配を感じ、虚空に向かってそっと呼ぶ。

「流墨」

「ここに」

天井から音もなく降ってきたのは、黒い着物を纏い漆黒と同化している、皇帝直属の隠密《おんみつ》部隊の一人である流墨。書物を閉じた凱嵐は背後に控える流墨へと体を向けると、問いかけた。

「首尾はどうだ？」

「あまり、良いとは言えません」

凱嵐の問いかけに流墨は素直に答えた。

「あの娘が住んでいた小屋へ行ってみたのですが、娘の素性の手がかりとなるようなものは何もありませんでした。何せ、小屋には文や書物の一つもなく……親と暮らしていたのか、それともあの小屋に住んだ時には一人だったのか、それすらも曖昧で」

「ふむ」

流墨の報告を聞き、凱嵐は考えた。

紫乃が小屋から持ち出してきた物は検分を済ませている。

そこには、この天栄宮においても貴重とされる調味料の類も交ざっていた、との事だった。問い詰めたところ「貰った」などと紫乃は言っていたが、一体どこの誰に貰ったというのか。入手経路によっては、紫乃は非常に強力な権力者と関わっている可能性もある。

「ご苦労だった。紫乃の件はもう良い」

「僭越《せんえつ》ながら、乱暴な手を使って吐かせるという手もございますが？」

「それには及ばん」

流墨の提案を凱嵐は即座に却下した。

「正体不明な人間を手元に置くのも、一興であろう。それに……」

「それに？」

「紫乃の作る料理は美味い」

凱嵐のこの一言に、流墨の目がじとりと細められた。

「そちらが本音では？」

「あれほど美味い料理を作り、あれほど素直な気持ちを言葉にできる人間が極悪人なはずはなかろう」

紫乃は初めて天栄宮内で夕餉を凱嵐に持ってきた時、言った。

「明日からは、厨近くの部屋で待機していて欲しい」と。

「なぜだ？」と聞くと、「少しでも出来立ての料理を食べて欲しいからに決まってるだろう」とさも当然のように言い返してきた。

その不遜な物言いに周囲の者はざわついていたが、凱嵐としては紫乃の評価がより上向きになっただけ。

どいつもこいつも上辺だけの笑顔を貼り付け、水面下で腹の探り合いばかりしている宮中であの正直さは心地よい。

まるで剛岩に戻ったようだな、とさえ思った。

凱嵐の生まれ故郷である剛岩は妖怪の蔓延《はびこ》る荒れた土地であり、誰も彼もが生きるのに必死だった。だからなのか、剛岩に生きる者は実直で豪胆な者が多く、男も女も素直な性格の持ち主ばかりであったのだ。

山育ちの紫乃には剛岩に通ずるような素直さと胆力がある。

だから凱嵐は手元に置く事にしたし、本能が告げていた。

——紫乃は危険な人物ではないと。

流墨がしみじみと息を吐き出した。

「賢孝様に何をおっしゃられても知りませんよ……」

「あいつの事は今は忘れさせてくれ」

空木の尋問には時間がかかる。だからすぐには気づかれないはずだ。

凱嵐は己の右腕である男、賢孝を思い浮かべ、すぐに脳内から追い出した。

賢孝は優秀だが、少し心配性で神経質すぎる傾向にあった。きっとあの男は紫乃を気に入らないだろう。

御膳所の御料理番頭を勝手に交代した事でネチネチ文句を言われる未来を想像し、凱嵐は苦笑を漏らした。

第二章　雨綾病

一

真雨皇国の皇都、雨綾。

十の諸国を従える大国の中心たる都には、皇帝の住まう広大な宮、天栄宮が存在している。

宮には四つの御殿群が。

皇帝の居住と執務を司る正殿。

客の控え、取次、もてなし、宿泊のための貴人殿。

正殿に入れない下級役人たちが集い、日々の政務をするための役人殿。

皇帝の妻たちが住まう男子禁制の女の園、奥御殿。

そしてそれらの御殿とは別に、使用人の住まう宿舎がひっそりと煌びやかな宮殿に隠れるように存在していた。

皇帝に振る舞う食事を作る御膳所で働く筆頭料理番の紫乃は、使用人用宿舎の最上階にあてがわれた個室にて目を覚ました。枕元には猫の姿で眠る花見の姿がある。

「おはよう、花見」

「……うーん。まだ眠い……」

「先に行ってるよ」

「にゃあ」

朝に弱い花見は、山にいた時より早起きになってしまった生活に馴染めず、二股に分かれた尻尾で体をぐるりと囲んで布団にうずくまり続ける。

その様子を見て少し笑った紫乃は、着替えを済ませて準備をした。

柿色の着物に藍色の帯を締め、白い清潔な前垂れをかければ、自分が皇帝の食事を用意するための場所、御膳所の頂点に君臨する存在、即ち御料理番頭であると主張をする。

真雨皇国で蒼は皇帝に連なる貴色で、身に纏えるのはごく一部の人間のみ。

その中でも特に水縹色と呼ばれる淡く薄い雨粒のような色合いの水色は、今代皇帝しか着る事を許されていない。

そんな尊い色の入った帯を締める事を許されている紫乃は、よしと小さく気合を入れると部屋を出た。

向かう先は、新鮮な食材が毎朝届けられる、北門近くの食料蔵である。

「おはよう、じさま、旦那」

「おぉ、おはようのぅ」

「…………」

食料蔵の前には紫乃の他に二人いる、朝餉と昼餉の御料理番頭が集まっていた。

「今日は何が入っている？」

「豚があるでのぅ」

「豚？」

紫乃は首を傾げると、じさまはそっと指を差す。

薄桃色をした動物がブゥブゥ鳴いている。

「……これは……」

「見た事ないか？ これが豚じゃ。煮てよし、焼いてよし。脂身は旨味が乗っておるし、赤身は煮物によく合う。雨綾近くの村で飼われている家畜じゃ」

ふぉっふぉっ、と笑うじさまの横で紫乃は豚を見つめる。豚肉は食べた事がある。が、肉になっていない動物状態を見るのは初めてだ。正直あまり美味そうに見えない見た目の動物だが、肉が美味い事は知っている。

「こいつぁいいぞ。陛下にはもちろん、雨綾病に罹《かか》っている奴らに出せば、喜ぶじゃろうて」

「雨綾病？」

聞いた事のない病気に紫乃は反応した。

「うむ。この雨綾に住んでいる者がよく罹る病でのう。幸いにも厨の連中は患った事がないが、宿舎の人間はやられる奴が多いんじゃ。のう、昼餉の？」

「…………」

話を振られた昼餉の御料理番頭、通称旦那はむっつりとした顔のまま頷いた。

興味を惹かれた紫乃はさらに病状について知りたくなった。

「その雨綾病って、どんな病気？」

「皆同じ症状での。最初は、足元がおぼつかなくなる。それから段々と、寝込んでしまうんじゃ。仕事にならんから故郷に帰るんじゃが、すると皆ケロッと治ってしまう。煌びやかな雨綾の空気が合わんせいだと、そのまま戻ってこん奴が多いんじゃ」

「じさまは平気なの」

「厨の連中は罹らんと言うたじゃろ。それに儂は生まれてこのかた病知らずじゃよ」

「ふぅん……」

「お前さんも気をつけたほうがええ」

「わかった。で、その雨綾病と豚肉がどう関係あるの？」

「別に関係はないんじゃが、寝込んでる連中には肉を出したほうがええ。臥せっているとどうしても、食欲が落ちるからのう」

寝込んでいるなら肉など食べず、むしろもっと胃に優しいものを食べさせたほうがいいのではと紫乃は思ったが、じさまは嬉しそうな顔で丸々太った豚を見つめていた。

「しかし今からさばいていては、今朝の朝餉に豚肉はお出しできん。昼餉と夕餉で使うんじゃのう。昼餉の、どんな料理に使うかの？」

「……焼く」

「それが一番じゃのう。夕餉のは？」

「私は茸と一緒に肉鍋にする」

紫乃は迷わず答えた。たっぷりの肉と茸を醤油と砂糖で煮込めば、それだけでご馳走だ。

しかしじさまは口に蓄えた白髭を揺らしながらため息をついた。

「確かに煮えたての肉と茸は、美味い。醤油を吸った豚肉、茸の風味……この上ないご馳走じゃて。じゃがのう、陛下にお出しする時には一刻経っておるんじゃぞ。冷えて脂が固まり、不味くなっておるわい」

「いや……それは」

出来立てを器にすくって出しているから問題ない、と言おうとして口をつぐんだ。

もしかして、朝餉と昼餉の人間は凱嵐が厨に出入りしているのを知らないのか？

確かにじさまは昼過ぎにはもう寝ているし、昼餉の厨も夕餉が始まる頃には人気がない。

毒見番は紫乃が啖呵《たんか》を切って以来夕餉の厨に近寄らないし、給仕番は運ぶ必要がないために今や大鈴以外来ていない。

つまりこの数日間、凱嵐が御膳所まで足を運び夕餉を食べているという事実を知っている人間は、ごくわずかなのかもしれない。

そこまで考えた紫乃は、「確かにそうかも」と言うにとどめた。

せっかく二人と良好な仲を築いているのに、うかつに「御膳所に陛下が来ている」などと言ってやっかみなどを買っても面倒だ。

初日に向けられた、敵意に満ちた眼差《まなざ》しを紫乃は忘れてはいない。

伴代を筆頭に夕餉の厨にいた料理番たちは紫乃を全く歓迎していなかったし、毒見番の美梅には未だ嫌われたままである。

母である紅玉の謎を解くまで紫乃は御膳所を追われるわけにはいかないし、そのためにはなるべく他の厨の人間とも仲良くしておく必要がある。

なので余計な事は言わず、みっしりと食材を積んだ荷車を見つめながら、献立について話し合うじさまと旦那の話に耳を傾けていた。

二

その日の夕餉の後、凱嵐は正殿に戻ってきてから夕餉に思いを馳せていた。

本日の夕餉も美味かった。

豚肉と茸を煮立てた鍋は大鍋から取り分けたばかりの熱々のほかほかで、柔らかい肉と茸が絶妙な旨味を醸し出していた。

赤身と脂身の比率がちょうどよく、茸はクタッとしすぎないように気を遣った火加減となっていた。

醤油と砂糖の甘じょっぱい味わいは、一日の政務で疲れた心をときほぐしてくれた。

難点があるとすれば、肉鍋を食べると麦飯が無性に進んでしまうという点だ。いつにも増して麦飯を食べて食べて食べまくった凱嵐は満腹で、心から満足していた。

このまま眠りについてしまいたい、手に持つ酒盃すらも、重く感じる。

「……聞いているんですか、陛下」

まどろむ凱嵐を現実に引き戻したのは、穏やかだが怒りを含んだ声だった。

「聞いているとも」

誤魔化すように凱嵐は酒盃を舐める。

「では私が今言った言葉を繰り返してください」

「…………」

「できないのですか？」

そう言って凱嵐の目の前で、にこりと微笑む一人の男がいた。

肩の下で緩やかに結んだ亜麻色の髪がサラリと揺れ、着物にかかる。常盤色《ときわいろ》の着物がよく似合っていた。羽織《はおり》の胸元には、凱嵐が下賜した皇帝補佐の証である露草色の羽織紐を結んでいる。一見すると繊細そうで穏やかな優男である。

凱嵐とは別の方向で美しい男の名前は、賢孝。

凱嵐の執務上の右腕にして、幼少期より共に過ごし、数多の戦を共に駆け抜けた戦友だ。

そして凱嵐は、この手の笑みを浮かべている時の賢孝は怒り心頭であると知っていた。

理由をわかっていてあえてはぐらかしてみる。

肘掛けにだらりと体重を預けた凱嵐は傍らに置いてある徳利《とっくり》に手を伸ばし、勧める。

賢孝は渋々といった体で盃を凱嵐へ差し出した。

「さて、お前が何に怒っているのか、俺にはわからん」

「とぼけるのはおやめください。新しく任命した御膳所の夕餉の御料理番頭の事です」

賢孝の顔は相変わらず笑顔のはずなのに、雰囲気は非常に冷ややかだ。手に持つ盃を今にも粉微塵に砕いてしまいそうである。

「私が空木の取り調べにかかりきりになっているのをいい事に、やりたい放題だったと聞いておりますが。聞けば、屹然の山間から掘り出してきた人物だとか？　しかもまだ年端も行かぬ娘で、礼儀も何も知らないとか。陛下の御前にて礼の一つもせず、不遜な口の利き方をするともっぱらの噂です」

「礼ならばできるようになっていたぞ。見事な平伏を披露してくれた」

「だとしてもです」

やんわりとした口調で賢孝は凱嵐を遮った。

「なぜそのような人物に、大切な御料理番頭を任せるのですか？　陛下の口に入るものをこしらえる、非常に重要な役職なのですよ」

「非常に重要な役職だからこそ、紫乃を御料理番頭にしたのだ」

凱嵐の言葉に賢孝はピクリと反応する。笑っていた目をスッと開いた。

「陛下。私のやり方がお気に召しませんでしたか？」

「良いか、賢孝。飯を食う上で最も大切な事は……美味いかどうかだ」

「違います、毒が入っていないかどうかです」

「それこそ違う！」

「ほう？」

凱嵐は疑わしげな眼差しを送る賢孝を見据え、拳を握って力説した。

「俺が皇帝になった理由の一つは、美味い飯を食いたいからだ。かつて大叔父上が皇帝であった頃、たった一度招かれて天栄宮に来た時に振る舞われた飯。かつての御料理番頭、紅玉の作った膳……あれは、美味かった。皇帝になれば毎日かような飯が食えるのかと、心が躍った。しかし、現実はどうだ」

凱嵐はぎろりと賢孝を睨む。

「大袈裟なほどの毒見番の数！　なんで四人も必要だ⁉」

「陛下の御身を思ってこその人数です」

「作ってから俺の口に入るまでの間に、一刻もかかるせいで飯は冷えて固くなっている！」

「遅効性の毒が入っていたら大変ですので」

「極め付きに、水菓子は眺めるだけとは、一体どういう了見だ⁉　食物は観賞のためにあらず、食べるためにあるのだ！」

「果物は傷みやすうございます。氷室から出して一刻も経った果物を陛下の口に入れ、万が一腹でも下したら大ごとにございます」

凱嵐の腹の底からの叫びに、賢孝はすました顔で反論をした。

凱嵐は頭痛がしてくるのを堪え、肘掛けに体重を預けると額に手をやり力なく首を振る。

いつもこうである。

賢孝は優秀で信頼のおける臣下であったが、少々心配性な性格だった。

凱嵐が皇帝になってから、十年。初めはここまで一度の食事に大掛かりな毒見や決まりなどは存在していなかった。

しかし帝位に就いて一ヶ月の時だった。

夕餉の前に毒見番が苦しみ悶《もだ》えたのをきっかけに賢孝の心配性に火がついた。

「御膳所の人員を検《あらた》めましょう」

毒殺を試みた犯人は捕らえられたが、御膳所は大掛かりな調べがされ、信頼のおける者だけが御膳所で働く事を許された。

しかしこれに不満を漏らしたのが、御膳所の人間たちである。

「俺たちを罷免しようってのかい」

御膳所は巨大な組織だ。一様に辞めさせられたのではたまったものではない。調達番や他所で働く女官たちとも密接に関わっていたため、御膳所にて職を追われた人物たちに味方する宮中の人間も多く、凱嵐を見る目は冷ややかになった。

新皇帝として一日も早く信を勝ち取る必要のある凱嵐たちは、この思わぬ反発に戸惑った。

「仕方がない……毒見番を増やしましょう」

結局の所、御膳所の人数は減らすのではなくさらなる毒見番を増やす形で落ち着いた。

その後も色々な問題が起こり続ける。

新種の遅効性の毒薬が発見された事で、食事が出来上がってから凱嵐の口に入るまでの時間を一刻にしたり、一刻にした事で果物が傷む可能性を考慮し、果物は観賞するだけに留めたり。生魚も同様の理由で食せなくなった。

賢孝の心配は止まるところを知らず、凱嵐が夢に描いていた「皇帝の美味い食事」とはかけ離れた現実が出来上がってしまったのだ。

思い出すと腹が立ってくる。

「俺はもう、我慢がならん！　温かい飯が食いたいのだ！　何だ、一刻って⁉　これならば剛岩にいた時のほうがよほどいいものを食べていたわ！」

「真雨皇国の皇帝ともあろうお方が、そんな子供みたいな事を言わないでくださいよ……」

「真雨皇国の皇帝が好きなものすら食えぬとは、涙が出そうだ」

凱嵐は食べるのが好きであった。剛岩の時にはそれこそ、戦に勝利した暁には飲めや歌えやの大騒ぎで大宴会が開かれており、身分を気にせず皆が同じ料理を食い、酒を酌み交わすお祭り騒ぎの雰囲気が好きだった。

それがこうもがんじがらめの生活に変わってしまったのだから、頭がおかしくなりそうである。

「賢孝、お前の考えもよくわかる。だから俺は信頼のおける料理人を連れてきたのだ。紫乃ならば毒を盛るような真似はすまい」

「無礼な田舎娘をどうしてそこまで信じられるんです？　金を握らせれば、あっという間にコロリと敵方に寝返りそうですが」

「それはない」

凱嵐は賢孝の言葉を否定する。

「紫乃は、料理に命を懸けている。毒を入れるなど料理人の矜持に反する行為は絶対にしない。それに紫乃は毒見番を兼任しているんだぞ。自分が食うものに毒を入れる馬鹿がどこにいる」

「それはまあ……一理ありますが……」

渋々認める賢孝。凱嵐はニヤリとする。それに賢孝は気を悪くした。

「ともかく、私に黙って勝手に重要な役職をすげ替えるのはおやめください。その田舎娘が本当に御料理番頭にふさわしいかどうか、確かめます」

「勝手にしろ。ただし罷免したら許さんぞ」

「……それは娘次第です」

賢孝は立ち上がる。

「御膳所へ行って参ります」

賢孝は静かな怒りを湛《たた》えたまま、足早に御膳所へと向かう。

怒っているのは凱嵐が勝手な振る舞いをしたからではない。己の不甲斐《ふがい》なさ故だ。

(私は陛下の不信を買ったのだろうか)

賢孝はいつだって凱嵐のためを思って動いてきた。

この権謀術数渦巻く天栄宮は、今まで凱嵐と賢孝が相手にしてきた敵将や妖怪たちとは訳が違う。

薄ら寒い笑顔を貼り付け美辞麗句を並べたて、その下で腹黒い算段を付け、虎視眈々《こしたんたん》と凱嵐を帝位から引きずり下ろそうと画策する。そしてもっと自分たちにとって都合よく動く、傀儡《かいらい》の皇帝を据えようとしているのだ。

国の重鎮たちは国の事などまるで考えていない。誰も彼もが保身に必死だ。

直接刺客が放たれたならば、返り討ちにする術《すべ》を凱嵐はいくらでも身につけている。

皇帝直属の隠密部隊である影衆をはじめ、信頼のおける護衛を四六時中張り付けていた。陛下が自ら罠にかかりにほいほい出歩かない限り、暗殺も襲撃も絶対に成功しないと言い切れる自信があった。

問題は、毒殺だ。

食事や酒に毒を盛られては、いくらなんでも太刀打ちできない。

毒を盛られて苦しむ凱嵐を想像しては賢孝は肝が冷える。もっと厳重に毒見をしなければ、万が一があってからでは遅いのだ。

だから賢孝は、「温かい飯が食いたい」と苦言を呈する凱嵐を笑顔で諭し続けた。

御膳所に出入りする人の数を絞れないのであれば、毒見を増やすしかない。

大量の膳を用意させ、どれが凱嵐の口に入るかわからなくし、毒を盛る機会を奪う。

仮に毒が盛られていてもわかるよう、何度も何度も毒見をさせる。

そうしてやっと安心を得た上で凱嵐が食事にありつけるよう仕向けたのは、他ならない賢孝の仕業だった。

(殺されてなるものか)

凱嵐は傑物だ。人の上に立ち、人を束ね、国を平和に導くために生まれてきたような人物だ。

くだらない政権争いに巻き込まれ、命を散らすなどもってのほかである。

せめて目の上の瘤《こぶ》である白元妃を天栄宮から追い出せれば、気持ちはもう少し落ち着くのであるが……賢孝は凱嵐に指示され、凱嵐を罠にはめて死の淵《ふち》へと追いやろうとした空木の取り調べを行っていた。昼夜を問わず、この二日間徹底して苛烈な調べを行っていたのだが。

空木は強靭《きょうじん》な意志を持って、絶対に黒幕の名前を吐かなかった。

要脚府《ようきゃくふ》の長官として財務管理を行っていた空木は、あろう事か税を横取りして私服を肥やし続けていた。それを可能にしていたのは、要人の後ろ盾を空木が得ていたからだ。

空木を陰で操っていたのが白元妃なのはわかりきっていたのに、絶対に尻尾を摑ませない。

この宮中を裏で掌握している女狐《めぎつね》を思い出し、賢孝はぎりりと歯を嚙む。

先代皇帝との間に一人の子供しかもうけず、しかもその子も命を落とす不幸に見舞われた白元妃は、まるで自分が天栄宮の支配者であるかのように君臨している。

凱嵐に敵対する派閥を取りまとめている、裏の皇帝。白元妃の息のかかっていない者を見極め、政務に参加させ、国のあれこれを滞りなく進めるのは至難の業だった。それほどまでに彼女の手は政務に深く潜り込んでいた。

だからこそ、より一層凱嵐の食事の一切を取り仕切る御膳所だけは守らねばならないと、賢孝は胸に誓っていたのだ。

その矢先の、得体の知れない娘の話である。

なぜ素性のわからない娘を大切な御料理番頭などに据える？

凱嵐の意図がわからない賢孝はひたすらに疑問だった。

もしやその娘、陛下の心を射止めるほどの美しさを持っているとでもいうのだろうか。

白元妃の支配する奥御殿には住まわせられないから、あえて御膳所の御料理番頭に任命したとか。

考えてもわからない。取り止めもない思考を追い出そうと、賢孝は頭を振った。

（ともかく、会ってみなければ）

その上でどうしようもない人間だったら、陛下には申し訳ないが秘密裏に処分しよう。

賢孝は、大鈴と違って凱嵐の言う事全てに従うわけではない。

信じている、心から忠誠を誓っているからこそ、冷静になって敵味方を区別しなければならない。

天栄宮での賢孝の二つ名は『静の賢孝』。笑みを浮かべながら静かに、しかし確実に政敵を追い詰めて排除する様に怯える人間は多かった。

一体どんな娘なのかあれこれと考えを巡らせながら、賢孝は御膳所に向けて足を進める。

最低限のかがり火に照らされた天栄宮の内部は薄暗い。

自分の手に持った灯火の灯《あか》りを頼りに長い外廊下を進み、賢孝は御膳所へと入っていった。

人の気配がする厨はただ一つ。

そこに向かって迷いなく歩くと、賢孝は厨の戸をガラリと開けた。

そしてそこで目に飛び込んできた光景に驚愕《きょうがく》した。

厨中の人間が巨大な鍋を囲んで立ったまま、一心不乱に何かを食べている。

立ち込める香りは甘くしょっぱく、香ばしい。

箸で肉を摘んだ娘が、厨の入り口に立つ賢孝を見て首を傾げた。

「………………どちら様？」

「け、賢孝様⁉」

娘の疑問に答えたのは賢孝ではなく、娘の隣に立っていた大鈴だった。

賢孝の姿を見た厨の料理番たちの中で最も素早く動いたのが、娘だった。即座に器を台へと置くと、礼の姿勢を取る。

「新しく御料理番頭になった紫乃です」

なるほどこの娘が、陛下が山から掘り出してきた人物か。確かに立礼はなかなか様になっている。

しかし続く紫乃の言葉に、賢孝は耳を疑った。

「陛下に冷や飯を食べるよう強要したのは、あなたか」

「…………はい？」

見事な自己紹介と立礼を披露した娘から飛び出した挑発的な言葉に、賢孝は額に青筋が浮かぶのを感じた。

◇

紫乃の言葉に厨中の人間が絶句し、固まった。

しかし紫乃にとってはどこ吹く風である。散々噂で聞いていた賢孝という男と対峙《たいじ》できたのだ、一言、いや二言は言ってやらないと気が済まない。

賢孝は紫乃が考えていたよりずっと若く、凱嵐と同じくらいの年齢に見えた。柔らかな美貌を持つ人物で、浮かべる笑みからは思考が読み取りづらく、何を考えているかよくわからない。

紫乃が何か言うよりも早く、穏やかな笑みを湛えた賢孝が優しいが威圧感のある口調で話を切り出した。

「誤解をしているようだがな、娘。全ては陛下のためを思って指示した事だ。天栄宮は一枚岩ではない……陛下の口に入るものに毒が盛られては大変だろう」

「だとしても、出来上がってから一刻も経った食事を毎食毎食食べさせ続けるなど、どうかしている。どんなに良い食材を使っていても、そんなに時間が経ったら冷えて固くなり不味くなってしまいます」

「娘、お前は何もわかっていない」

賢孝は笑みを浮かべたまま肩をすくめ、紫乃を小馬鹿にする口調で言った。

「料理番は命じられた通りに食事を作れば良い。そこに色々な感情を持ち込むな」

「…………」

紫乃は賢孝に対する評価がどんどん下がっていくのを感じた。

もともと底辺だったが、今や地面を突き抜けて奈落へ向かって評価が下方修正され続けている。

この男は料理に対する敬意の念というものがまるでない。「胃が満たされればそれでいい」とでも言いたげな態度に、紫乃の怒りが腹の底から沸々と湧き上がってくる。

紫乃が黙っていたせいか、賢孝は会話の矛先を紫乃の隣に立っている大鈴へと向けた。

「大体、大鈴。お前がついていながらなぜこんな事態になったんだ」

「……紫乃様は凱嵐様が御自らお連れになったお方。そこに異論を挟むのは、陛下に忠誠を誓うわたくしの職務からは逸脱いたします」

「陛下が間違えを犯したら、それをお諫《いさ》めするのも我々の職務のうちだ」

「わたくしには、紫乃様をお連れした出来事が間違えとは思えません」

大鈴の紫乃をかばう発言に賢孝の笑顔の仮面がわずかに崩れた。

「……まあ、良い。私が戻ったからにはこれから先は好き勝手をさせない。それをよく覚えておく事だ」

言うだけ言って踵を返して厨を出ようとする賢孝に、紫乃は「お待ちください」と声をかけた。

振り向いた賢孝の顔は相変わらず笑顔だったが、水面下から友好的ではない雰囲気が醸し出されている。

「肉鍋、食べて行きませんか」

「結構だ」

言い捨てた賢孝はそのまま厨を立ち去ってしまった。

厨に残された面々は、冷や汗を拭いながらやれやれと息を吐く。

「……あぁ、賢孝様が介入してきたとなれば、また元に戻るんだろうなぁ」

伴代がしょんぼりとしながら元気なく呟く。

肉鍋をつついて美味い美味いと言っていた時の元気さのかけらもない、陰気さである。

首を傾げた大鈴が、未だ厨の出入り口を睨むように見つめ続ける紫乃に問いかけた。

「紫乃様、なぜ賢孝様に肉鍋を勧めたんです？」

「温かな飯を食べれば心がほぐれるかと」

「まあ。お気持ちはわかりますが、賢孝様はそんな殊勝な心の持ち主ではありませんよ。凱嵐様とは違うのです。何せ『食事など胃が満たされればいいのだ』と言ってのけるお方ですから」

「言いそうだなとは思っていたが、本当にそんな台詞を言うのか」

「ええ、言うのですよ」

紫乃は鼻の頭に皺を寄せ、肉を箸で摘んで口に放る。

「そんな風に言う奴は、野草でもむしってそのまま食べてればいいんだ」

憤慨する紫乃になんと言葉をかければいいか迷ったのか、大鈴は困ったような笑みを浮かべたまま、自身の持つ器に盛られた豚肉を一切れ箸で摘み、上品に嚙みちぎった。

◇

「陛下。明日から夕餉は私もお供します」

「…………」

厨から凱嵐の休む寝殿に戻った賢孝は開口一番に凱嵐にそう告げた。

告げられた凱嵐は非常に嫌そうな顔をしていた。

「元々、夕餉はよく共にしていたでしょう。今更何をそのようなお顔をしておられるのです」

「お前は本当にいい性格をしているよな」

「お褒めに与《あずか》り光栄にございます」

嫌味を真正面から受け止めた賢孝に、凱嵐はますます顔をしかめた。

なんと言われようとも賢孝が譲る事はない。凱嵐の身を守るためなら進んで嫌われ役も引き受けようと、賢孝は固く誓っている。

遠い目をする凱嵐に、賢孝はニコニコとした笑みを向けるのみであった。

三

凱嵐は夕餉のみを楽しみにして日がな一日をダラダラと過ごしているわけではない。

十の諸国を従える真雨皇国の皇帝として、日々政務に勤《いそ》しんでいる。

中でも重要となるのは、朝議と呼ばれる政の場だ。

皇帝と国で最高位の官吏五人が、日々送られてくる訴状についての検討をする朝議。

それは、国を動かす上で非常に重要な時間だった。

正殿群と呼ばれる、皇帝とごく一部の者のみが出入りできる場所の一角に、政務所となる御殿が存在し、そこの広間に官吏たちが集まっている。

「面を上げよ」

上座に座った皇帝である凱嵐の言葉一つで、居並ぶ面々が顔を上げた。

「本日の朝議を始めさせて頂きます」

開始の合図をしたのは対面する凱嵐と官吏たちの間、どちらも見えるような位置に座っている賢孝であった。

賢孝の前には文机《ふづくえ》が置かれており、その上には山のような陳述書が積まれている。

そのうちの一つを手に取った賢孝は話を切り出す。

「本日の最重要議題は、この雨綾で流行《はや》っている病の事にございます」

パッと文を開いた賢孝は内容を読み上げていく。

「報告が上がっている限りでは子供から老人まで様々な年齢の者が病に罹っておりますが、圧倒的に多いのが出稼ぎにやって来た二、三十代の男。多くの者は同じ症状で、足元がおぼつかなくなり、それから食欲不振、倦怠感《けんたいかん》を訴え、最後には寝たきりになってしまうとの事です。……ですが故郷に帰ると、不思議と病が癒えてしまうという話」

「ふむ……」

賢孝の話を聞いた官吏の一人は顎に手を当て思案した。

「病が癒えた者が再び雨綾にやって来ると、しばらくしてまた同じ病に罹る場合もあるそうで。都に住む者の間では、故郷を懐かしむ気持ちからくる『雨綾病』との病名がつけられているそうです」

「阿呆らしい病名でございますなぁ」

賢孝の陳述をそう切り捨てたのは、官吏の一人である太覧《たいらん》。なまず髭を弄る男は意地《いじ》の悪い目を賢孝に送ると、ねっとりとした声を出した。

「何が、雨綾病……原因など、とうの昔にわかっていますでしょう。この病が流行り出したのは、ここ数年の話。つまり、陛下が帝位に就いてからの事にございます。となると原因は、一つ」

「何が言いたいのです、太覧殿」

賢孝が冷静に聞き返すと、太覧は眉を吊り上げて大袈裟に肩をすくめた。

「おや、おや。賢き賢孝殿ならおわかりでしょう。即ち、天罰ですよ」

「天罰、ですと」

「左様。凱嵐様が帝位に就いているのを良しとしない雨神様による天罰にございます。そもそも凱嵐様は皇族とはいえ血筋は遠く、とてもではありませんが正当な皇位継承者とは呼べません。やはりここは、先代皇帝と血を分けあった兄弟の御子に帝位を譲りませんと。さすればこの病も治まりましょう」

「これはこれは、面白い推理で」

太覧の言い分に、賢孝はにこりと優美な笑みを返す。

「天罰？　陛下が治めるようになってからというもの、諸国との戦も起きず、大規模な妖怪被害もなく実に平和な世となっていると思いますが。おかげで作物の収穫も安定し、民は飢え死にを免れている」

「とはいえ、肝心の皇帝のおわすここ雨綾で病が流行っては元も子もありますまい。噂では使用人宿舎でもこの病に罹った者がいるとか。貴人たちにもいつ何時、病の魔の手が伸びるとも限りません。天栄宮に病が蔓延《まんえん》しては遅いのですよ」

賢孝が意見すればすかさず太覧が言い返す。

この二人の仲の悪さは周知の程だ。

残りの三人はまた始まった、とばかりに二人の言い合いを眺めているだけで何も言わない。

平行線を辿る話し合いに口を挟んだのは、皇帝である凱嵐その人であった。

「賢孝、もう良い。その辺にしておけ」

「ですが、陛下」

「太覧。俺はこの帝位を正当な手段で得た。天罰などと言われる筋合いはない」

「……失礼いたしました」

誠意のこもっていない声で謝意を述べた太覧は、その後の朝議においても散々に口を挟み、賢孝と一触即発状態が続いたのだが、それもいつもの話であった。

◇

朝議の終わった昼下がり、正殿に戻った凱嵐は昼餉を食べながらそんな事を口にする。

ぼんやり見下ろす膳の上では、すっかり冷め切った食事の数々が並んでいた。

夕餉は御膳所の厨で取っている凱嵐だが、朝餉と昼餉は今まで通りに正殿で取っている。厨に行きたいのは山々であったが、日中は人の目が多く目立ちやすいのでやむを得ず自重していた。

箸を手に取り、時間が経って固まってしまった鯛を懸命にほぐす凱嵐のそばで、賢孝が涼しげな顔をしながら冷たい澄まし汁を啜っている。

梅を模したお麩《ふ》が浮いている澄まし汁は季節感があり、椎茸《しいたけ》の出汁が効いており上品な味付けであったが、如何せんここまで冷えていると美味さも半減する。

凱嵐が冷めた料理を残念に思っている事を知ってか知らでか、賢孝はお麩を口にしてから凱嵐の呟きに疑問を投げかけた。

「何か気になる点がおありでしょうか。……もしや、太覧の言っていた天罰をお信じになってはいないでしょうね」


「雨綾病か」

「そんなもの信じているわけがないだろう」

「それならば良いのですが。では、一体どうされたんですか？」

「いや、ここ数年で流行り出したというのが気になっていてな」

都で病が流行っているという話は、時々朝議に上がっていた話題だった。初めは些細《ささい》な人数だったはずだが、気がつけば徐々に数を増やし、いつの間にか天栄宮の使用人宿舎の人間までもが罹患《りかん》しているという。

これ以上放っておけば民の不安も広がるばかり、いい事は何もない。

ここらで本腰を入れて原因を探らねばならない。賢孝もそれをわかっているからこそ、今日の朝議の場で真っ先に議題に上げたのだろう。

「患者を診察した医師の話では、大半が働き盛りの男たちであると。出稼ぎで雨綾にやって来た農村部の次男三男で、もりもりと食事をして仕事に精を出していたはずの男たちが徐々に具合が悪くなり、寝たきりになってしまう……大体がそう供述しているそうです」

「出稼ぎ労働者用の長屋で蔓延している病という線は？」

「十分にあり得る話でございます」

賢孝は表面が乾いている麦飯を食べながら、神妙な面持ちで頷いた。凱嵐も同じく麦飯を口に放り込んだが、それは悲しいほどに固くなっていた。せめて味のついた握り飯にして欲しいと思った。一度「握り飯にしてくれ」と御膳所に要望したのだが、当時の御料理番頭三人に揃いも揃って「握り飯は庶民の食べ物か、戦場での携行食料。雅《みやび》な宮で出すにふさわしいものではありません」と一様に断られてしまった。

伝統だか格式だか知らないが、そんなものは犬にでも食わせてしまえと凱嵐は思う。

飯の事などなんとも思っていなさそうな賢孝は凱嵐の心の内など知る由もなく、話を続ける。

「罹患した者は都外れの小屋に集め、元気な者には順次帰郷を促し、そうでない者は隔離小屋でゆっくり死を待つのみであるとの話」

「帰郷した先で病は流行っておらんのか」

「今のところ、そうした訴状は上がっておりませんね」

「普通、流行病を患えばあっという間に農村部に広がるだろう」

不可解な話に凱嵐は首を傾げる。

衛生状態や食生活は都より農村部のほうが格段に悪い。そんな場所に病を患った人間が帰れば即座に病が広がりそうであるが、そうではないらしい。

「なぜだ」

「医師の話では、雨綾の空気が合わぬ者から倒れるのではないかと」

皇都である雨綾には人が多い。

人混みに慣れていない人間が体を壊し、慣れ親しんだ故郷に帰ると治るのでは、というのが医師の推測であるらしかった。

「釈然としないな……」

凱嵐は胡座《あぐら》の上に肘を乗せて考えに耽る。

病気に弱いはずの女子供や年寄りではなく、働き盛りの男たちが次々に罹ってしまうという謎の病気、雨綾病。

病気の者が帰っても農村部では同じ病に罹る者はいないという点。

どうも普通の病ではない気がする。

「陛下、お食事はもうお済みでしょうか」

考え込む凱嵐に控えめに声をかける者がいた。大鈴だ。

「ああ。もう良い」

「では食後の茶菓子をお持ちいたします」

そっと膳を下げた大鈴は、ひとまわり小ぶりの膳を持って戻ってくる。

饅頭《まんじゆう》の載った小皿と茶の載った膳を凱嵐と賢孝の前へと置くと、御前を辞去しようとしたので引き留めた。

「大鈴、雨綾病について知っているか？」

「はい、最近は耳にする事が多うございます。ですが、今のところ宿舎の女人では罹患している者はおりません」

「やはりそうなのか」

「反対に、男性ではちらほら患う者がいるみたいでございますね……幸いにも御膳所の御料理番で罹患している者はいないようですが」

「そこも気がかりだ。御膳所の御料理番といえば、働き盛りの男が多い。なぜ御料理番は病に罹らない？」

凱嵐は大鈴にというより、自分に問いかけるようにして呟く。

しばしうつむき考えていたが、頭を振って「駄目だ、わからん」と匙を投げた。

「わからん事を考えるのは性に合わん」

凱嵐は畳の上で座って物事を考えるというのが好きではない。

わからないのであれば足を使い、この目で見て確かめるのが一番だ。凱嵐は幼少期よりずっとそうして過ごしてきたし、皇帝になってからも変わらない。

病が流行っているのはここ皇都、雨綾。

患者に会いに行こうと思えばすぐにでも行ける。

「大鈴、残念だが夕餉はいらんと伝えておけ」

「かしこまりましてございます」

平伏する大鈴を見て苦言を呈したのは賢孝である。

「陛下、この件は私にお任せくださいませんか」

「だが俺も、雨綾に住まう者として病の現状を把握しておきたい」

「陛下。……万が一陛下が罹患しては大事にございます」

「さてなぁ」

「……御身をもっと大切になさいませ！」

はぐらかす言葉を放った凱嵐に、賢孝は歯を食いしばって言葉を漏らした。

凱嵐は饅頭を手に取ると、それを弄びながら言葉を選んだ。

「賢孝。天栄宮は広く、高い。この正殿からは雨綾の方々が見えるが、一人一人の民の暮らしというのは見えてこない」

「………」

「俺は豪華な広間で高官たちと顔を突き合わせ、全ての物事を決めるのを良しとしない。もっと現状を見て決めたいんだ。俺がそういう性格だという事を、お前は重々承知しているだろう？」

賢孝はいつも浮かべている笑みを引っ込め、むっつりと無表情で黙り込んでいた。

「……護衛は……」

「流墨をつけるさ」

皇帝直属の隠密である影衆の名を出せば、曖昧ながらも頷いた。紫乃の見張りにつかせるはずだった流墨だが、天栄宮に連れ帰ったのでその役目は不必要になっていた。代わりに紫乃の素性を探るよう命じているのだが、数日その任務がなくなっても不都合はない。

「であれば、まあ……ですがくれぐれも、病人の収容されている場所には近づかないでください。医師に話を聞く程度にとどめおくと誓ってください」

「あぁ、そうする」

心配性の賢孝だが、凱嵐の行動を本気で阻害するのは稀《まれ》だ。付き合いの長い賢孝は、動いている事こそが凱嵐の性分であると十分すぎるほど知っている。

話がまとまったところで凱嵐は摑んでいた饅頭を齧《かじ》った。

餡子《あんこ》の甘ったるい味わいが口いっぱいに広がる。

酒を好む凱嵐はあまり甘いものが得意ではなかった。

賢孝は実に上品に饅頭を口に運ぶと、ゆっくりと味わうように咀嚼している。

ふと気になった凱嵐は賢孝に尋ねてみた。

「お前、剛岩にいた時は甘いものなど好きじゃなかっただろう。一体どうして好きになったんだ？」

「甘いものは冷めていても美味しいからですよ」

「やっぱりお前も冷めた飯が嫌なんじゃないか」

凱嵐の言葉に返事をせず、代わりに賢孝は微笑みながら優雅に残りの饅頭を口に運んだ。

四

「何？　夕餉は要らない？」

「はい。陛下が先ほどそうお伝えするようにと」

大鈴の言葉に紫乃は面食らった。

「急すぎるな……もう下ごしらえに入っているというのに」

凱嵐一人のために十人前用意する必要があるので、夕餉とはいえ支度は昼から行われている。まあ十人前のうち一膳は毒見用だし、残る九膳も全てを凱嵐が平らげるわけではない。食べずに手付かずで残る数膳は弁当にして役人に売っているので、純粋に凱嵐専用の膳ではないのだが、それでも十人前を作る必要があるのに変わりない。

唐突に告げられた夕餉が要らない発言に、紫乃はどうしたものかと考える。するとそれに反応したのは伴代だ。

「あぁ、よかったじゃないですか、姐さん。休みですよ」

「休みって、そんな悠長な」

「料理番は交代制ですが、頭はそうもいきません。陛下から『要らない』と言われない限り休みはないんです。時には饗応《きようおう》の要望なんかも降ってくるんです。そうすりゃ朝餉と昼餉の人員も総動員して、陛下のみならず貴賓の料理も作らなきゃなりません。休める時に休んでおくのが正解ですよ」

「そういうものなのか」

「そういうもんです。俺も若い時には休みなんぞいらんと思っていましたけど、紅玉様に言われたんですよ。『休める時に休まないと体がもたないぞ』って」

いかにも母が口にしそうな台詞だった。笑う伴代を見ていると、紫乃は肩に入っていた力が抜けるのを感じ、素直に応じる。

「じゃあ、そうする」

「どうします？　この豪勢な食材で、自分たちの夕餉でも作っちまいますか？」

「うーん……」

それも楽しそうだが、せっかく休みならば紫乃には一つやりたい事があった。

「雨綾に出て、飯を食べたいなぁ」

明け六つから食材の選定をし、昼からは夕餉の準備。終わってからは自分たちの食事をして、後片付け。それで一日が終わってしまうので、紫乃には雨綾に出かける暇がない。

煌びやかな皇都に住む人たちが何を食べているのか、興味があった。

「なら、俺が案内しましょうか」

伴代が案内を買って出てくれたが、紫乃は首を横に振った。

「適当に自分で見て回るよ」

「そうですか。なら、天栄宮を出てちょっと行ったところにある通りがおすすめですよ。行き交う棒手振《ぼてふ》りなんかも多いんで、見ているだけで楽しめます。それから、出るなら着替えて行ったほうがいいですよ。柿色の着物に藍色の帯は、一目で天栄宮の上級役職者だとわかります。物取りとかに狙われるかもしれません」

「ありがとう。今日の皆の夕餉は伴代に任せる」

「はい、お任せください」

良い笑顔で請け合う伴代と料理番たちを残し、紫乃は厨を出た。

伴代の忠告に従うべく、着替えをしようと一旦自室に戻る。部屋に入るとそこには、ダラダラする猫姿の花見がいた。腹側を上にして大の字で寝そべる姿は、完全に野生を失った猫の姿である。こんな状態で外にいては、たちまち野犬や他の猫に襲われてしまう。

しかし本物の猫ではない花見にとっては、些事だ。彼はくつろぎやすい格好でいるだけだった。

着物をするすると脱ぎ出した紫乃を見て、花見は仰向けのまま怪訝そうに首を傾げる。

「にゃあ。紫乃、仕事はいいのかにゃ？」

「夕餉は要らないらしい。休みになったから、雨綾の美味いものでも食べに行こうかと。花見も行く？」

「行く！」

それまでのだらけていた姿から考えられないほど、花見の動きは素早かった。

その場で宙返りした花見はいつものごとく十歳ほどの人間形態に変化する。緑と白の縦縞模様の着物に、桜色の帯。頭頂部から飛び出る猫耳と臀部《でんぶ》から伸びた尻尾は、わしゃわしゃと両手で触ると消え失せた。

これで花見はどこからどう見てもただの十歳の子供だ。

「これでどう？」

「ばっちり」

紫乃の返事に満足した花見は、紫乃が山で着ていた地味な着物に着替えるのを待った後、二人で使用人宿舎を出た。

通行用の木札を見せて、天栄宮の北門から外に出る。

初めて繰り出した雨綾の街並みは、人がとにかく多かった。

山育ちでせいぜい近隣の里にしか行った事のない紫乃としては、あまりの人の多さに圧倒された。天栄宮の中も人が多いが、皆仕事があるために整然とした動きで、無駄というものに乏しい。

しかし雨綾を行き交う人々にはそうした整然さが全くない。

雑踏には雑貨や化粧品などを扱う露店が立ち並び、それを冷やかす人々が唐突に足を止める。

荷箱を棒の両端にくくりつけ肩に担いで売り歩く棒手振り、それを呼び止めて買う者。商品は様々だ。

「さぁさぁ、甘酒だよぉ！」

「油はいらんかね？」

「食器が欲しいモンはおらんかぁー⁉」

元気な棒手振りの声が飛び交い、物珍しさに紫乃は目線をあちこちに彷徨《さまよ》わせる。

昼下がりの通りは活気に満ちていた。

「紫乃、見て。食事処《しょくじどころ》！」

「お」

花見が指差した方角には、確かに食事処と暖簾《のれん》が下がった店が建っていた。瓦葺《かわらぶ》きの屋根に土蔵造りのしっかりした建物は間口が広く、開けっぱなしの戸から見える店内には人が多く集っている。

「紫乃、入ってみる？」

「そうだね……あっ」

「どうしたにゃあ？」

「銭を持ってきてなかった」

　紫乃は食事処に入ろうとしたところで、銭を持っていない事に気がついた。そもそも山育ちの紫乃は普段銭など使わなかったし、たまに里に降りても花見が獲ってきた肉や魚と必要なものを交換していたので、銭を持って出かけるという発想がなかった。

「えぇ……もしかして何も食べられない？」

「そうだね……一旦天栄宮に戻って、銭を持ってこようか」

「まだ何もしてにゃい……」

「店に入る前に気がついてよかったと考えようよ」

　しょげる花見を引き連れて、一旦天栄宮に戻ろうと踵を返しかけたその時、紫乃の肩をポンと叩く手があり、続いて妙に快活な声が降ってきた。

「やあ、紫乃！　お前こんなところで何をしている？」

　誰だと思って振り向くと、そこには頭に笠《かさ》を被り、町人風の衣装を身につけた長身の美丈夫が立っていた。なりは町人風だが、顔立ちが明らかに普通ではない。一つにくくった黒々とした長髪が笠の下から垂れ下がって肩にかかり、紫色の瞳で紫乃を見つめている。全体的に整った顔立ちは、一目見れば誰もが振り向く美貌だろう。

突如現れた美丈夫はよく見知った人物であった。

今代陛下、凱嵐である。

とりあえず凱嵐に出会ったら即平伏と教わっている紫乃がその場に跪こうとすると、凱嵐が慌てて遮った。

「よいよい！　見ればわかるだろう、今の俺はお忍びだ！」

「お忍びって何？」

「正体を偽り、人に紛れて町を見て回っているという事だ」

小声で言い聞かせながら、紫乃の腕を取って立たせようとする。

「こんな往来のど真ん中で平伏されては、あっという間に俺が誰だかわかってしまうだろう。普通に接してくれ。敬語もいらん」

はて、と紫乃は首を傾げたが、凱嵐は「いいから」と言って圧をかけてきた。紫乃は大人しく立ち上がって頷く。

「わかった」

「で、お前たち二人は何をしている？」

「仕事がなくなったから、雨綾の見物と散歩」

「ほう、それはいい心掛けだな」

　隣を歩く花見が、凱嵐を見上げて尋ねた。

「そういうおみゃあこそ何をしてるんだにゃあ？」

「俺もまあ、散歩みたいなもんだ。たまには都の様子も見てみなければな」

　なるほど、皇帝というのは都の様子にも気を配るものなのかと紫乃は思った。

　紫乃が凱嵐について知っている事といえば、一日三食、豪勢だが面倒臭い食事をしているという事だけである。

　なんとなく偉そうにふんぞり返っているだけなのかと思っていたが、そうではないらしい。

　基本的に凱嵐の事をあまり好いていない花見は、胡散臭《うさんくさ》そうに変装した凱嵐を見ていたが、突如目の色を変えた。

「そうだ、おみゃあ銭持ってるか？」

「銭？　持っているが」

「ならちょっとワテらに寄越せ」

　あまりにも不躾《ぶしつけ》な要求に、さすがの紫乃もギョッとした。

「花見、それはちょっとやりすぎじゃないか」

「何でだにゃあ。天栄宮に戻るのも面倒だし、こいつに貰えば話は早いにゃあ」

「いやいやいや……」

「銭。銭寄越せだにゃあ」

皇帝相手に全く臆せず銭をねだる花見。

掌を突き出す花見に気を悪くした風でもなく、凱嵐が尋ねる。

「何に使うんだ？」

「この食事処に入りてーんだけど、一銭も持ってないから困ってたんだにゃあ」

「なるほど」

凱嵐は食事処を見、紫乃と花見を見、そしてにっこりと笑った。

「良いぞ」

「えっ、いいの？」

「ああ」

「おみゃあ、なかなか話がわかる奴だにゃあ。じゃあ、銭、銭！」

しかし凱嵐はこの要求には取り合わなかった。紫乃と、掌を差し出しながらぴょんぴょんする花見の肩を抱くと、そのまま食事処の中へと入っていく。

「いらっしゃい！」

「よお店主。三人前の食事を頼む」

「あいよ、好きに座って待ってな！」

「!?」

気づけば三人で、板張りの床の上に敷いてあるいぐさの座布団に座り、円になってい
た。

「なんでおみゃあまで来るんだよ……」

「面白そうだったからに決まっておろう」

半眼で見つめる花見の視線など、どこ吹く風といった様子だ。紫乃は座る凱嵐を見つ
める。

「笠、取らないの？」

「取ったら正体がバレる気がする」

「取らなくても怪しいけど……というか、町の食事処に入ったなんて知られたら、賢孝
様に怒られるんじゃないか？　いつも毒見毒見と煩《うるさ》いんだろ？」

「知られたら怒られるであろうな」

明らかに訳ありな風貌の凱嵐は、笠の下で含み笑いを浮かべる。この様子、絶対に楽
しんでいるな。

「お待たせ！」

店主がどどんと三つの膳を紫乃たちの前に置く。膳の上の料理を見て紫乃は絶句した。

「えっ……白米だけ⁉」

「おうよ、これこそが雨綾名物、白米丼だ！」

紫乃の片手では抱えきれない大きさの丼には、こんもりと山のように炊き立ての白い飯が盛られており、てっぺんには真っ赤な梅干しがちょこんと載っている。隣の汁椀には具材がほぼ入っていない味噌汁が添えられていた。

店主は言葉を失う紫乃に対し、自慢げに語り出した。

「雨綾といやぁ、町人でも白米が食べられるってんで有名だからな。たっぷりの白米、お供の梅干し、それから味噌汁！　雨綾で働く男たちに大人気だぜ！」

「確かに……」

店内をよくよく見てみると、集っているのは労働者風の男たちばかりだった。誰も彼もがガタイがよく、白米を美味そうに箸でかき込みかっ喰らっている。

「じゃ、ゆっくりしていってくれよ！」

店主が去っていくのを見届け、紫乃は恐る恐る丼を両手で持った。ずっしりと重い。一口パクリと白米を口に運んでみれば、なるほど艶やかな白飯は口当たりが良く、噛み締めるほどに甘みが増して美味しい。

「これはこれで美味いにゃあ」

「そうだな。俺は麦飯派だからあまり白米は食べないのだが、ここの白米は炊き上がりが見事だ」

花見と凱嵐はガツガツと白米を食べている。

「うっ⁉」

と、梅干しを口にした凱嵐が突如動きを止め、唸った。

「どうした？」

「この梅干し……驚くほど酸っぱい！」

そして凱嵐は顔中に皺を寄せて酸っぱさに耐え出した。

「そんなに酸っぱいのかにゃあ？　どれどれ……にゃっ‼」

疑わしげな顔つきで梅干しを口に放った花見も、一瞬動きを止めた後、プルプル震えながら奇声を発した。二人の様子を見た紫乃は思わず笑いながら、自分も梅干しを口にした。

「二人とも大袈裟だな……うっ、酸っぱい⁉」

想像以上の酸っぱさである。梅干しというのは酸っぱいものだが、それにしたって限度があるだろう。甘みというものが皆無で、酸っぱさのみを追求した結果生まれた梅干しのようだった。口内に唾液が溢れる。

「………‼」

三人は口の中の酸味を消すべく、無言で白米をかき込んだ。

「うおっ、この味噌汁はしょっぱすぎるにゃあ」

「本当だ、しょっぱいな……温かいのはありがたいが、この塩辛さはいかん」

「しかも具がほぼない」

紫乃は味噌汁の中を箸でつついて確かめる。小指の爪ほどの大きさに切られた豆腐が、申し訳程度に浮いているだけだった。

一体どうなっているんだと、紫乃は興味本位で厨の方に首を伸ばす。

かまどが四つ、野菜や洗い物をするための流しは大きい。隣には水瓶が置いてある。調理台は広めに取ってあり、大人三人が並んで調理できるほどの余裕がある。が、その場所には食器が堆《うずたか》く積まれてあり、あまり活かされていない。妙だな、と思った。出てくる料理とは裏腹に、厨はかなりしっかりとした作りになっている。さすがに天栄宮には負けるが、紫乃の住んでいた山小屋より豪勢で、しかしどことなく山小屋と似た作りになっていた。

厨をジロジロ見ていると店主と目が合い、呼ばれていると勘違いしたのかこちらへとやって来た。

「どうだ、ウチの料理は！　おかわりするかい？」

「白米は美味いが、梅干しと味噌汁は味が濃すぎる」

素直な意見を口にした紫乃に、店主が太い眉を動かして訝しげな顔をした。

「わかってねえなあ、お嬢ちゃん。味が濃いほうが白米が進むってもんだ」

「そもそも白米ばかりこんなに食べるのがおかしいだろう。もっと他のおかずを出せばいいじゃないか」

「俺みてぇなしがない町の料理人に、そんなに色んな料理の腕を求めちゃならねぇよ」

「でも厨の設備は立派だろう」

「あぁ、これか。実はこの食事処、元々はある凄腕《すごうで》の料理人が切り盛りしていたらしくてよ。その名残だ。何でも作れる器用な人で、隣の雅舜王国の料理までも作って振る舞っていたそうだぜ。そのわりに値段が良心的でよ、物珍しさと美味さから、人がいっぱい押し寄せてものすげぇ大盛況だったとか」

これに反応したのは、凱嵐だった。

「雅舜王国？　先代皇帝の妃と同じ出身国だな」

「そうそう、白元妃様と同じだ。で、それがきっかけになったのか、店の噂が皇帝の耳にまで届き、天栄宮の人がやって来てだな、なんと御膳所に召し上げられたそうだ」

「それは凄い出世だな」

「ああ、すげえのはそこからで、その料理人の料理をすっかり皇帝が気に入ったらしく、あれよあれよという間に御料理番頭にまで上り詰めたそうだぞ」

話を聞いた紫乃は、せっせと白米を食べながら感心した。御膳所御料理番頭といえば紫乃と同じ役職だ。伴代から聞く限り御膳所で働くのは大変名誉な事のようだし、町の食事処の料理人がそこまで上り詰めるとは、大層料理の上手い人に違いない。もしかしたらじさまか旦那ではないだろうかと思った紫乃は、さりげなく問いかけた。

「その料理人の腕は本物だったんだな。私も食べてみたかった。なんて名前の人なんだ？」

「まあ、御料理番頭っつっても十年以上も前の話なんだがな。名前は確か……紅……ああ、紅玉だ、紅玉」

思いもよらない名前を聞いた紫乃の体は強張《こわば》った。

「え……紅玉？」

「そうそう。女の料理人は珍しいからなぁ。美人で気立てが良くて料理も美味い完璧な人だったらしいぜ。人気が出るのも納得だろう？　っと、いけねえ、喋りすぎたな。じゃあまあ、ゆっくりしていってくれや」

立ち去る店主を見つめながら、紫乃はそっと花見と目を合わせる。

天栄宮の御膳所で慕われていた母が、かつて働いていた食事処。まさかそんな場所にいるなんて思いもよらなかった。

そして母が切り盛りしていて人気を博していた食事処が、今や白米のみを食べさせる店になってしまっているという事に紫乃は無性にやるせなさを感じた。母はこんな、一つのもののみを食べるような料理を断じて許しはしないだろう。料理の見た目に気を遣い、季節に応じた様々な食材を使い調理をする母が店の現状を知ったら、きっと激怒するに違いない。紫乃としても断じて許せるものではなかった。できうる事なら食事処で働いて、店をどうにかしたい。しかし紫乃は天栄宮で働く御膳所の御料理番頭、雨綾の食事処で働くわけにはいかなかった。ままならない現実を前に、白米丼に視線を落として眉間に皺を寄せる。

「どうした紫乃。口数が減ったな。今の話に思うところがあるのか？」

「いや、なんでもない」

凱嵐に問われ、紫乃はとっさに誤魔化した。まだ凱嵐には、紫乃の母がかつて御料理番頭をしていた紅玉であるという話はしていないので、気づかれるわけにはいかなかった。

「ふむ……？」

疑わしげに紫色の瞳を細める凱嵐に何か問われる前に、紫乃は動いた。

「おーい、私の連れが梅干しのおかわりが欲しいって！」

「はいよぉ！　どうぞ！」

店主は紫乃の要求に即座に答えて梅干しを一つ、凱嵐の丼の上に追加した。凱嵐は梅干しを見て、絶望に満ちた顔をした。

「あっ!?　何を余計な注文しているんだお前は！　せっかく食べ終えたというのに！」

「欲しそうな顔をしていたから」

酸っぱさに耐えていた。

「………」

「ほらほら、食べるといい」

「どこが!?」


凱嵐は渋々といった様子で二つ目の梅干しを口に運び、またしても顔中に皺を寄せて

「ごちそうさまでした」

「あいよ、またどうぞご贔屓《ひいき》に！」

食事を終えた三人は、店を出て雨綾の通りへと出る。白米でずっしり重い腹を抱えながら往来を歩いた。腹ごなしに歩かないと、胃がもたれそうだった。

町の方々では、先の食事処と同様にやたらと白米を売りにした店が目立つ。雨綾には他に目玉はないのかと紫乃が眉を顰《ひそ》めていると、凱嵐が話しかけてきた。

「お前たち、これから何か用事はあるのか」

「いや、特にないよ」

「ならば俺の用事に付き合ってくれないか」

「どこに行くんだ？」

「都の外れの医院に用事がある」

　花見が首を傾げた。

「イイン？」

「病人を診てくれる場所だ。このところ、雨綾で病が流行っていてな」

「ははあ。ニンゲンは弱いからにゃあ」

「お前たちのような存在からしたら、脆弱《ぜいじゃく》に映るんだろうな。で、付き合ってくれるのか、くれんのか」

　紫乃は少し考えてから首を縦に振った。

「いいよ。食事ご馳走してもらったし」

「えぇ……紫乃、こいつに義理立てする必要なんてにゃいよ」

「まあまあ、助かったのは事実だし」

　食事をご馳走になったのもそうなのだが、かつて母が雨綾で働いていたという情報を手にした紫乃は機嫌がよかった。まあ医院に行くくらいならば付き合ってもいいかという気持ちになっている。花見は凱嵐を見上げて胡乱《うろん》げな目をした。

「大体、どうして一緒に来て欲しいんだにゃあ」

「お前たちがいるとより庶民ぽく見えるからに決まっているだろ」

「庶民ぽく見せる必要があるのか？」

「当たり前だ。正体がバレると面倒だ」

「そういうものなのか」

「そういうものなのだ」

「ニンゲンて面倒だにゃあ」

三人で並んで雑談をしつつ、凱嵐の目的地であるという医院まで歩く。

天栄宮から離れるほどに人通りは少なくなっていき、どことなく寂れた雰囲気になった。

そして医院のある場所は雨綾の端も端であり、壊れた長屋が立ち並び、ボロを纏った人間が疲れ切った表情でうつむきながら歩いている、うら寂しい場所だった。

三人が通りを行くと、じっとりとした視線が突き刺さる。しかし凱嵐はさほど気に留めておらず、花見は人間の敵意などどうとも思っていない。そして花見がいる以上、紫乃に危害が及ぶ事はないため、紫乃も特に恐れや怯えはなかった。

ただ、皆栄養状態が良くなさそうだな、と思う。

体というのは食べたもので出来上がる。だからろくな食物を口にしていないと、皮膚が黄ばんだり咳《せき》が止まらなくなったりと、体に異常が出るのだと母はよく言っていた。

「よし、ここだ」

凱嵐が立ち止まったのは、この界隈《かいわい》の中では比較的マシな作りの小屋だった。

「邪魔するぞ」

凱嵐が迷わずに戸を開けて小屋へと入る。土を踏み締めて固めた土間に入ると、薬草や煎じた薬の独特な匂いが鼻をついた。

「……患者か？」

板張りの部屋の奥から鋭い声が飛んできた。

「いや、患者ではない。ちょっと話を聞きたくてな」

「ふむ。少し待っとれ」

言われた通り待っていると、ゴソゴソと音がして、ぬうっと人が現れた。

白い顎髭を生やした眼鏡の男が、怪訝そうな顔をしてこちらを見つめてくる。

「中では笠を外してくれんか」

「あぁ、すまない」

言われて笠を外すと、現れたのは艶のある黒髪と、いつもながらの凰貌の凱嵐の素顔。

医師は予想外に顔立ちのいい男が出てきて面食らったようで、少しのけぞった。

「随分な男前だのう。着物もきちんとしておるし、お前さん、この界隈の者じゃないな」

「実は知り合いが隔離小屋に移されてしまってな。心配で話を聞きに来たんだ」

「おぉ、そりゃお気の毒に。……あの小屋に移された者は、まず助からんよ」

医師はため息をつき、板の間に座布団を敷いて座るように促した。

凱嵐は座布団を引き寄せると草履を履いたまま板張りの間に腰をかけ、袂に腕を突っ込んで医師の方へ体を向けた。紫乃と花見も板間に上がらず同じように座る。

「お前さんの知人というのは、どんな人じゃ？」

「小屋にいる他の者と変わらない。三十代の男で、ついこの間までは荷運びとして元気に働いていた」

「ふむ」

医師は再びため息をつくと、胡座の上に肘をつく。

「そういう者が多い。普通なら死ぬような年齢でも、病を患うような体の弱い者でもないんだが、どうしてだか屈強な男に限って真っ先にこの雨綾病に罹ってしまう」

雨綾病、という病名に紫乃は興味を惹かれた。

つい昨日、その病気について耳にしたばかりだ。使用人宿舎でも何人かが病気になり、故郷に帰るという話を聞いた。

「故郷に帰れば治ると知っていても、帰る故郷がそもそもない者もいる。故郷が戦や妖怪被害で壊滅した者……陛下が代わって落ち着いたと言っても、たった十年。まだまだ復興していない里も多い」

「…………」

「ま。だから出稼ぎに来ている男たちが多いんだがな。何せ雨綾では、贅沢品の白米が安価に食べられる。たらふく食べて仕事に精を出し、稼いだ金で家族を養う。だが、そうした者が真っ先に病に倒れるというのは皮肉な事だ」

凱嵐は思案しているようで、何も答えない。やがてゆっくり口を開くと言った。

「隔離小屋を覗いてもいいか？」

「やめたほうがいい。うつったら大変だ」

「だが……」

凱嵐の言葉に医師ははっきりと首を横に振った。

「『俺は大丈夫』と言っていた者から真っ先に倒れるのが、雨綾病の恐ろしいところ。悪い事は言わんからやめておけ」

「……わかった。邪魔したな」

「いや、いや。構わんよ」

凱嵐が腰を上げて小屋を出たので、紫乃と花見も後に続く。

小屋を出てしばらく行った場所、もう都と森の境界線のような場所に半分崩れかけた長屋が存在した。長屋は都から離れた場所にあり、他に建物は何もない。

凱嵐は笠を被ると足を止め、その長屋をしばし見つめていた。眉根を寄せた、険しい顔つきだ。紫乃は凱嵐に問いかけた。

「中の様子が気になる？」

「まあ、そうだな。だが、入るのは難しそうだ。賢孝にもやめろと言われているし」

「私が見て来ようか」

すると凱嵐は、意外そうな顔をして紫乃を見る。

「食事処で銭を立て替えてくれた礼」

「意外に律儀だな。しかし万一病がうつっては大変だからやめておけ。天栄宮に帰ろう」

凱嵐は踵を返してそう言うも、紫乃は動かず花見を見た。

「花見、代わりに行ってきてもらえない？」

「にゃ？」

「花見なら人間の病になんて罹らないでしょ」

「まあ、そうだにゃあ」

「お願い」

紫乃に言われた花見は、肩をすくめてから凱嵐を見上げた。

「おみゃあ、紫乃に感謝しろよ」

花見は凱嵐にそう言うと、すたすたと病人が隔離されている長屋へと向かっていく。

紫乃と二人になったところで、凱嵐はポツリとこぼした。

「銭の件ならそこまで気にせんでも良いが」

「実を言うとそれだけじゃない。民を思う気持ちに、私が動かされただけ。ただの傍若無人な皇帝じゃないんだなって」

病に倒れた民を気にかける凱嵐の姿を見て、真雨皇国に住まう一人の人間として力になりたいと思った。それだけだ。

「助かる、礼を言う」

「お礼なら花見にどうぞ」

「あの猫又はよくお前の言う事を聞くのだな。俺は討伐は得意だが調伏が苦手で、妖怪を使役した経験がないんだが、お前と猫又の関係は良好に見える」

「私は使役しているつもりはないけど。花見が居着いてくれただけ」

すると凱嵐は興味深そうに紫乃に視線を投げかけた。

「どうやって出会ったんだ？」

「大した出会いじゃないよ。お腹《なか》を空かせていたから、家に連れ帰ってご飯をあげたら気に入ったらしくて、それからずっと一緒にいる。私が七歳の時だったから、もう九年共に暮らしている事になるな」

「妖怪というのは一度気に入った主人ができると、主人が死ぬまで付き従うというからな」

妖怪は人間に比べ遥かに長い時間を生きる。だから人間の一生に寄り添うのは、大した時間ではない。

花見が紫乃とどれくらい一緒にいてくれるのかはわからないが、今のところ離れる気配はなさそうだし、まだまだ長い付き合いになるのだろうな、となんとなく紫乃は思っていた。

と、二人で花見が出てくるのを待っていると、背後に気配を感じる。

何者かと振り向くより前に、凱嵐の腕が紫乃の肩を捕らえ、そのまま懐へと引き寄せられた。

「……何者だ」

振り向いた凱嵐につられるように紫乃が目を向けると、そこに蠢《うごめ》いているのは、人ならざる姿の者たちだった。

子供ほどの背丈の、浅黒い肌をした、鋭い爪と牙を持つ鬼。発する気配が只者ではないのは紫乃にもわかる。ざっと数えて三十匹はいそうだった。

「小鬼か」

凱嵐の問いに答えず、小鬼たちは散開し、素早く紫乃と凱嵐を取り囲んだ。そして一気に距離を詰めてくる。

「流墨」

凱嵐は左手で紫乃を抱き寄せたまま、誰かの名を呼んだ。すると一人の黒い着物を纏った人物が風のように輪の中に割って入り、凱嵐に彼がいつも携行している刀を投げ渡す。

握りざまに抜刀した凱嵐は、紫乃を左手のみで抱えると、流墨と共に一直線に駆け出した。

「一点突破だ」

「はっ」

「紫乃、俺の首に手を回せ。目を瞑っていろ。舌を噛むなよ」

短い命令に、紫乃は言われた通りにした。首に手を回すと体勢が少し安定する。紫乃の腰に回された凱嵐の腕に力がこもる。絶対に紫乃を離すまいという強い意志を感じられた。

目を閉じた紫乃に目の前の光景はわからなかったが、剣戟の音と小鬼がうめきを上げる小さな声が聞こえ、ますます固く目を瞑る。

猪や熊の解体で血飛沫《ちしぶき》には慣れているとはいえ、妖怪のそれとなるとまた別だ。見なくていいなら、見たくはない。

「紫乃ぉ!!」

建物が壊れる音と、聞きなれた声がして、不意に紫乃は目を開けた。

ちょうど花見が隔離小屋の戸をぶち壊し、こちらに向かってくるところだった。

「花見っ！」

「おいイィぃ、テメェら、ワテの紫乃に何してやがるっ！」

怒りに燃える花見は着物の裾を翻しながら、怯《ひる》む事なく小鬼の群れに突っ込んでいった。迎えた小鬼が爪を構えて花見に襲いかかったが、花見が万力の力で握ると逆に腕がへし折られる。

「ギャギャギャッギョ!!」

意味不明な甲高い叫びを上げる小鬼に構わず、花見はそのまま軽やかに跳躍しながら小鬼を蹴り飛ばした。

花見の飛び蹴りを食らった小鬼はそのまま後方に吹っ飛んでいき、別の小鬼にぶち当たり、それでも勢いを殺さずに最終的に二匹は木に叩きつけられる。

ミシミシと音を立てて木が揺れ、二匹は動かなくなった。

完全に子供の外見である花見から思いもよらない攻撃が繰り出され、小鬼は怒りが爆発したらしい。標的を凱嵐から花見へと変えて襲いかかる。

「小鬼如《ごと》きに、ワテが殺されるか！」

ギラギラとした瞳で、花見は迎撃の態勢に入った。花見の乱入により場が大いに混乱する。

その隙を凱嵐は逃さなかった。

体勢の崩れた小鬼たちに一気に攻撃を畳み掛け、一匹、また一匹と倒していく。その勢いに紫乃は思わず目を瞑るのを忘れて見入ってしまった。

凱嵐の刀さばきは素人の紫乃から見ても凄まじく、力強さと流麗さを兼ね備えていた。凱嵐の大柄な体躯から繰り出される繊細で素早い攻撃に、小鬼たちはジリジリと押されていく。

先ほどまでは背後を気にしながらの戦闘だったが、花見が来た事で状況が変わっている。紫乃というお荷物を抱えていて尚、凱嵐と花見、そして流墨の三人は攻勢を強めた。

とうとうあと一匹にまで追い詰めた時、紫乃の視界に何かが掠《かす》めた。

それは、近距離での戦闘から目を離した紫乃の、偶然目に留まったものだ。

隔離小屋の木の上できらりと何かが光り、恐るべき速度で飛んでくる。反射的に紫乃は声を上げた。

「後ろ、危ない！」

「…………っ！」

紫乃の声に反応した凱嵐が振り向く。飛び出した何かはまっすぐに凱嵐に向かってきていた。それも数が多い。

花見も流墨も、凱嵐からは距離があり援護に入れない。

その何かは凱嵐に差し迫っていた。凱嵐はすぐさま体勢を整え、恐るべき反応速度で刀で弾《はじ》き飛《と》ばした。地面に小指の爪ほどの大きさの針が落ちる。

しかし二射目、三射目と続く連射に段々と凱嵐の分が悪くなってきた。

花見が射撃犯を捕らえようと走り、流墨は凱嵐の手助けをしようと走る。

しかしそれよりも針が凱嵐に迫る速度のほうが早かった。

このままでは、眉間を穿つ。

陛下、と流墨が呼び、花見が隠れている刺客を仕留めようと肉薄する。

全ての映像がゆっくりと紫乃の目に映る中、もう一つ何かが飛来してくるのを、紫乃は確かに見た。

ギィンと鈍い音がして、針が弾き飛ばされる。

「ニンゲンが隠れてやがった！」

同時に花見が隠れていた刺客を見つけ出し、木の上から引きずり下ろした。

どざっと鈍い音がして刺客が花見の蹴り一発で地面へと沈む。続けて木の上から降ってきた花見が、そのまま刺客の鳩尾《みぞおち》を殴りつけた。ボキィっと骨の折れる音がし、花見は一方的に刺客を殴り続け、とうとう動かなくなる。

唐突に辺りを静寂が支配した。

「終わったか」

まだ隠れている刺客がいないかと油断なく周囲を警戒していた凱嵐と流墨は、ようやく武器を収める。そして肩に入っていた力を抜き、短く息をついた。

「あの、終わったなら降ろして欲しい」

紫乃が凱嵐の胸元を叩いて言うと、あっさりと解放してくれた。

「何だったの、今の……」

「俺を狙った刺客だ。いつもの事さ。今回は下等妖怪が使役されていたな」

「いつもの事なのか？」

「俺が出かけると、大体刺客が放たれる」

あんまりな事実に紫乃は言葉を失った。

「出かけるたびに命の危機に晒されるのか？」

「そうだな。巻き込んですまない。猫又もいる事だし、大事には至らないと思っていたのだが……隠れていた刺客に気づけぬとはまだまだのようだ。怪我はないか？」

「ないよ」

「ならば良かった」

住んでいる宮殿では毒殺の脅威に怯え、外出すると刺客の脅威に晒される。

「なかなかしんどい人生を送っているんだな……」

「慣れればどうという事もない。ところで、最後に飛んできたこの針を弾いた武器だが

「……」

凱嵐は動かなくなった刺客には興味を示さずに地面に転がっている針と、すんでのところでそれを弾き飛ばした物体を見つめる。流墨も隣にやって来た。

「これは、影衆が使う暗器ですね」

「やはりそうか」

流墨の言葉に凱嵐が頷く。

しかしそれに紫乃は見覚えがあった。

（あ、これ）

「にゃ？　これって、黒羽が使ってたやつじゃん」

紫乃が何かを言う前に、刺客をボコボコにして返り血を浴びた花見が近づいてくるなりそう告げる。

ギョッとしたのは凱嵐と流墨だった。

「黒羽……!?」

「それは真の話なのか!?」

その二人のただならぬ様子を見て、紫乃は思った。

「にゃ？」

首を傾げる花見が、取り返しのつかない失言をしてしまったという事に。

五

天栄宮には四つの門が存在している。
北門は使用人宿舎に近く、宮で働く者や商人などが出入りをするための門。
東門は貴人殿に近く貴人や上級官吏が出入りするための門。
西門は奥御殿に近く、そこに住まう女たちが出入りするための門。
そして南門は、正殿に近く皇帝のみが使用できる門である。

「帰ったぞ」

誰か人が来る前にと凱嵐に急《せ》かされ、襲撃現場から離れた。そして有無を言わせずに南門から天栄宮へと強制的に帰還させられたのがつい今しがた。ちなみにこの門をくぐるのは、馬に乗って連れてこられた時以来、二度目である。流墨はいつの間にか姿を消していたし、もう人間の姿でいるのが嫌になった花見は、猫に戻って紫乃の肩に襟巻きのように巻き付いている。

花見の猫形態は、本物の猫よりも軽い。まるで綿が巻き付いているかのような軽さなので、紫乃の肩に乗っていてもほとんど気にならなかった。ただ、時々頬を掠める髭がくすぐったい。

そんなこんなで無駄に豪奢な作りの門をくぐると、平伏して待っていたのは賢孝だった。

「陛下、ご無事でしたか」

立ち上がった賢孝は凱嵐を見る。柳眉を寄せたその顔には心配でたまらないとありありと書いてあった。凱嵐の粗末な装いには泥と土埃《つちぼこり》と小鬼を切り伏せた返り血がこびりついており、一目見て何かがあったのだとわかる有様《ありさま》だ。

「ああ、今回もまた刺客に襲撃された」

「またですか」

「恒例行事のようなものだ」

命を狙われるのが恒例行事とは、随分物騒な話であるが、二人の様子からは本当に日常であるのだろうと思わされる。

賢孝は嘆息するとちらりと紫乃に視線を送った。その眼差しは凱嵐に向けていたものとは異なり、非常に冷ややかだ。

「……で、なぜこの娘を連れているのです?」

「都でたまたま行き合った。賢孝、紫乃について話がある、ついて来い」

凱嵐は紫乃の腕を摑んだまま、天栄宮の内部に向かってズンズンと歩き出す。

一際豪華な建物が立ち並ぶ正殿群に入り、その奥に存在する五階建ての蒼塗りの宮殿へと足を進める。そこは一番最初に紫乃が凱嵐に夕餉を運んだ御殿だ。

凱嵐の姿を見つけるたびに平伏する見張りの兵には目もくれず、凱嵐は御殿に入ると階段を上り、あまり広くない一つの部屋に紫乃を連れて行く。

賢孝も追って入ったところで、襖を閉めた。

「……ここは皇帝の住まう寝殿、私的な御殿で入れる人間は限られている。特に二階以上となると、俺の許可なく勝手に立ち入った場合、それだけで死罪となる」

「それはまた大層な場所ですね」

「さて、本題に入ろう」

紫乃の相槌に反応せず、凱嵐は立ったまま賢孝を手招きした。紫乃の目線に合わせるように二人は背を曲げ、三人は額を突き合わせるほどに近づいた。ここには花見もいるので正確には三人と一匹なのだが、賢孝は花見に目もくれない。花見の姿が見えないらしい。

「紫乃、影衆の一人である黒羽と知り合いというのは本当か」

「影衆と……？」

凱嵐の話に怪訝な顔をしたのは、賢孝だ。紫乃は言葉を慎重に選びつつ、口を開く。

「知り合いっていうか……小屋に定期的に食材や調味料を届けてくれていました。さっきの暗器に包みがくくりつけられていて。直接会った事はないし、姿を見た事もない」

「だとしても、由々しき事態だ」

凱嵐と賢孝は極めて真剣な表情で紫乃を見下ろしている。

「待って。そもそも影衆って何」

話の見えない紫乃は混乱したままに凱嵐に問いかけた。すると凱嵐は、重々しく口を開く。

「影衆というのは、代々皇帝に仕える隠密集団。黒羽はその中でも抜きん出た才能を持ち、先代皇帝に重宝されていた影衆の長だ」

そして凱嵐はまっすぐに紫乃を見つめ、言った。

「先代皇帝亡き後、俺が帝位に就いた時、黒羽はいなかった。いつの間にか姿を見せなくなった、と流墨は言っていた。……その黒羽とお前が、なぜ関わり合っている？」

「なぜと言われても……」

「……紫乃、お前は何者だ」

凱嵐が紫乃を見る目には、いつもの快活な色は宿っていない。

ただひたすら、得体の知れないものを見るような疑いの色だけが宿っている。

そんな目で見つめられた紫乃は、何を言えばいいのかわからなかった。

うっかり花見が漏らした黒羽という存在が、とんでもない事態に紫乃を巻き込んでしまった。まさかいつも食材を届けてくれていた黒羽が、先代皇帝直属の影衆とかいう集団に所属していたとは、思いもよらなかった。そんなの、予想できるはずがない。

生唾を飲んだ紫乃は、視線を彷徨わせてどうしようかと思案する。

適当に誤魔化せる雰囲気ではない。国の頂点に君臨する皇帝凱嵐とその補佐役である賢孝。二人は紫乃を挟み込み「包み隠さず話せ」という雰囲気を発散している。

その圧力たるや、並大抵の人間であれば半べそをかいてその場にひれ伏し、知っている事を洗いざらい話してしまうだろう。

紫乃はそこまで屈してはいなかったが、嘘をついて解放してもらえると思うほど馬鹿でもなかった。

「……黒羽、という名前を知ったのは、母が荷包みが届いた時にそう呼んでいたから」

「お前の母は、何者だ？」

「母は……名前を、紅玉。先々代の、夕餉の御料理番頭だ」

喉がつかえるようにして、その名前を絞り出した。

言おうか言うまいか、伏せようと思っていた名前だった。

秘密裏にこっそりと、御膳所の人間に話を聞いて、母について調べようと思っていた。

しかしもうそれは無理だろうと直感していた。何より黒羽が皇帝に近い人物だというのなら、きっと黒羽を知る紫乃について、凱嵐は徹底的に調べる。紫乃が住んでいたあの小屋を捜索し、紫乃の持っていた調理道具の入手先についても詳しく調べるだろう。

そこまでされれば、絶対にどこかで紅玉の名前にたどり着いてしまう。

「ただの御料理番頭が、影衆と繋《つな》がっている？」

これは賢孝の呟きで、紫乃に問いかけたというよりも独り言に近い形だった。紫乃を挟んで賢孝は凱嵐に目配せをする。凱嵐は短く頷いた。

「早急に調べさせよう。流墨」

「はっ」

天井に向けて凱嵐が声をかけると、上から黒い影のような人物が降ってくる。先ほど刺客たちと一戦交えた、流墨だ。

「他の影衆に言って、先々代御料理番頭の紅玉という人物について調べさせろ」

「御意に」

ひとつ頷いた流墨は再び闇に溶けるように姿を消す。

それから凱嵐は紫乃を見据えた。表情は意外にも柔らかく、先ほどまでの鋭さは感じさせない。

「なるほどな。お前の料理の腕前は、かつて御料理番頭だった母親譲りだったのか。どうりで美味い料理が作れるはずだ」

その表情と声音の優しさに、紫乃は思わず凱嵐の着物を握ってすがるように見上げた。

「………母について何かわかったら、私にも教えてくれる？」

「そうだな、約束する」

凱嵐の言葉に賢孝が苦言を呈した。

「陛下、またそんな簡単に約束を。一体どんな真実が飛び出すかわからないんですよ。皇帝直属の影衆と繋がっているというのは只事《ただごと》ではありません」

「とはいえ、実の母親の事ならば知りたいと思うのが普通だろう」

凱嵐は紫乃の頭に手を置いて、ポンと撫でた。

「紫乃はなかなかに気概のある娘だ。ちょっとやそっとの話で衝撃を受けたりはせんだろう」

「そんな大雑把な」

「まあ、まあ。流墨からの報告を待とうではないか。よし、では解散だ」

話はこれで終わりだとばかりに凱嵐は手を打ち、話題を切り替える。紫乃としても大男二人に挟まれ続ける状況はあまり嬉しくないのでありがたい。

「紫乃、一人でこの辺りをうろついていると捕まるだろうから、送っていこう」

「お待ちください。一介の御料理番頭如きに陛下がそこまでする必要はありません。その役目は私が引き受けます」

「ならぬ。お前は紫乃に敵意が剝き出しすぎる。俺が行く」

「…………」

黙する賢孝に構わずに、凱嵐は紫乃の肩を抱くと「行くぞ」と言って先を促した。

◇

寝殿の出口へ向かいながら、紫乃は凱嵐へと話しかけた。

「母の事、わかった事があれば教えると約束してくれてありがとう。雨綾で病人を気にかけていた事といい、陛下にも良いところがあるんだな。血も涙も人の情もないのかと思っていた」

「お前、俺の事をなんだと思っているんだ」

「人の平穏な暮らしを取り上げて拉致した挙句、要りもしない役職を押し付けるはた迷惑で自分勝手な皇帝」

「いくらなんでも酷《ひど》い評価だな……」

紫乃の歯に衣着せぬ本音を聞いて凱嵐は頰を引《ひ》き攣《つ》らせた。

「まあ、良い。食事処で様子が変だと思ったが、母親が御料理番頭であったとは。だがそれなら、お前の料理の腕前も納得できる。あの山小屋には母親と猫又と三人で住んでいたのか」

「そう」

「父親はどうした」

紫乃はゆるゆると首を横に振る。

「最初からいなかった」

「母親から聞いた事は？」

「何も」

「そうか。……母が恋しいか？」

問われた紫乃は考える。恋しくないといえば嘘になる。山小屋育ちの紫乃は、天栄宮に来るまで母以外の人間にほとんど関わった事がなかった。紫乃の唯一にして無二の肉親であり、尊敬する料理の師匠であり、いなくなった今でも永遠に大好きな人だ。

ただ、それをそのまま凱嵐に伝えるのは、自分の弱みをさらけ出すようでなんだか癪《しゃく》だった。

「陛下は母の料理を食べた事ある？」

「一度だけな。かように美味な料理があるのかと驚いた。実を言うと山小屋で紫乃の料理を食べた時、紅玉の事を思い出したのだ。まさか母であるとは思いもよらなかったが……」

凱嵐の言葉を聞き、紫乃は唇に弧を描いた。母の料理を褒められるのも、紫乃の料理が母に似ていると言われるのも、どちらも好きだ。

「この場所は、母の痕跡を感じられる。雨綾から運ばれてくる明けの荷物を眺めては母も同じように食材を毎日見繕っていたのかと思い、厨に立てばここで母も同じように皇帝陛下のために料理をしていたのかと思う。いなくなってもう何年も経っているはずなのに、御料理番の口からは母を褒める言葉が出てきて、いまだに慕われている母の面影が感じられて、私はとても居心地がいい」

恋しいか、恋しくないか。

その問いに対する答えを婉曲《えんきょく》して口に出した紫乃に、凱嵐は柔らかな笑みを向けてくれた。

◇

「あぁ、やっと帰ってこられた。疲れたぁ」

湯浴みを済ませた紫乃はどさっと布団に倒れ込みながらそう言った。

「長い一日だったな……」

「お疲れ様、紫乃」

「うん、花見もありがとう」

雨綾の見物に行くだけだったはずが、入った食事処がかつて母が切り盛りしていた店だったと知ったり、町外れで小鬼に襲われたり、凱嵐と賢孝に素性を知られたりする羽目になってしまった。何が何やらだ。

「それにしても、母さんがやってた食事処が白米を売りにした店になるなんて、ちょっとやるせないな」

「紅玉の料理の面影もなかったにゃあ」

「うん。むしろ母さんを冒瀆してるね」

母はいつも言っていた。「同じものばかりを食べていると体を壊すよ」と。米と野菜と肉と魚と、全てを満遍なく食べる事こそが重要なのだと言いながら、様々な料理を紫乃に教えてくれたのだ。

食事というのは、決して胃が満たされれば良いというものではない。

賢孝然《しか》り、雨綾の町人然り、その辺りをはき違えている。

体を作る大切なものであるからこそ、日々様々なものを、美味しく食べる必要があるのだ。

それなのにあの店では、いかにして白米を大量に食べるのかを追求したような料理を出していた。酸っぱすぎる梅干し、具材がほとんどないしょっぱすぎる味噌汁。しかしそんな店が雨綾で最も賑《にぎ》わう場所に店を構え、しかも繁盛しているというのだから驚きだ。毎日毎日白米ばかり食べていては、いくら満腹になったとしても体がおかしくなってしまうだろう。せめて麦飯を食べればいいのに、と紫乃は思った。麦飯は麦の部分に栄養が詰まっているから体に良いのだと、かつて母は言っていた。

「…………あ」

ふと紫乃は一つの可能性に思い至り、がばりと起き上がった。

「ねえ花見。あの隔離小屋の中ってどんなだった？」

「にゃ？　死臭の酷い場所だったな。どいつもこいつも助からにゃあ」

「患者の年齢、性別は？」

「みーんな一緒、働き盛りの男ばっか。皮膚がブヨブヨで、息苦しそうにしてて。寝たきりで体を起こすのも無理な様子だったにゃ」

「なるほどね……」

働き盛りの男たちばかりが罹るという奇病。

その原因を、突き止めたかもしれない。

六

翌日、紫乃が厨で夕餉の準備をしていると、続々と集ってきた面々が声をかけてきた。

「紫乃姐さん、おはようございます」

「おはよう」

「何の仕込みからしますか？」

紫乃は着物の袖を紐でくくって襷掛《たすきが》けにしながら指示を出していく。花見はここまでやって来たはいいものの、特に手伝いはせずに厨の隅で紫乃をじっと見つめていた。

「鯛と虹鱒を使うから、下処理。それから胡桃《くるみ》の殻割りと、柚《ゆ》子《ず》の果汁を絞っておいて」

「了解です」

紫乃は仕込みを始めた。

まずは焼き物にする鯛。本日は幽庵《ゆうあん》焼《や》きにしようと決めている。

幽庵焼きとは「幽庵地」と呼ばれる漬けダレの中に魚や肉を漬け込み焼いたものの事である。味醂、醬油、酒に柚子の果汁を加え、よく練ってから魚を埋め込む。これを冷やしておき、夕餉の直前に焼いて提供する。時間を置く事で食材が頃合いに調味液を吸うので、味も香りもただの塩焼きよりも抜群に良くなるのだ。漬けダレの濃い味に混じって舌の上に抜ける柚子の爽やかな味わいは、箸が進む事間違いない。

虹鱒と胡桃は甘露煮にする。

まずは胡桃を乾煎りし、木の実独特の香ばしさを引き出す。虹鱒は生のまま炊く。

調味液は、酒と醤油と砂糖。大鍋に調味液を満たしてから虹鱒を並べ、胡桃を間にちりばめると、火加減に注意しながらじっくりと煮炊いていく。その時間はおおよそ二刻。焦らず、焦がさないようにかまどから決して離れずに煮詰めていく。

二刻もすれば虹鱒と胡桃は美しい黄金色に照り輝き、つやつやとした光沢を纏うようになった。母直伝の甘露煮は、時間をかける分柔らかくなり、箸を入れると魚の身がほろりとほぐれる。ふっくらとした身には存分に味が染み込んでおり、天上の如き美味さが味わえるのだ。胡桃はカリカリとした食感を残しており、纏った衣が甘辛くて癖になる。紫乃の自慢の一品だ。

夕餉の支度をしているうちにあっという間に刻が過ぎる。高かったはずの陽は暮れかかり、天栄宮が茜色《あかねいろ》に染まり、そして陽が落ちた。

御膳所の中は夕餉に備えて慌ただしい気配に満ちている。

「急げ、早く仕上げないと」

紫乃は最後の仕上げをしながらもソワソワとしていた。

「そろそろ陛下がやって来ますね」

と言いながら伴代が厨を綺麗にし始める。

「わたくし、外を見てきましょうか？」

「ありがとう大鈴」

陛下に出すための食事の支度が整ったところで、廊下から足音がする。誰が来たのかは、見なくともわかった。御膳所の御料理番たちは整列し、来《きた》るべき人物をお迎えする用意を整えた。

皇帝陛下の夕餉の時間だ。

「よお、紫乃。今日も来たぞ」

予想通りに凱嵐が厨へとやって来た。そしてその後ろにいるのは――

「……陛下、まさか私が留守にしていた間、ここで食事をされていたんじゃないでしょうね？」

青筋を浮かべた賢孝である。

明らかに怒っている賢孝を連れて御膳所にやって来た凱嵐は、並の神経の持ち主ではない。

「お待ちしておりました」

揃って平伏する厨の面々は皇帝が直々に厨に来るという妙な光景に慣れつつあり、戸惑っているのは賢孝だけだった。

そして皆が平伏している中、ただ一人、花見だけが一足先に夕餉の膳をむしゃむしゃと食べていた。それを見た賢孝は当然のように眉を顰める。

「あの者は何ですか」

「猫又妖怪だよ。紫乃の護衛だ」

「確かに耳と尻尾が……ですが、天栄宮に猫又妖怪が？」

「新しくやって来たんだ」

賢孝の意味ありげな目配せに、凱嵐はなんでもないとでも言いたげに答え、小上がりに上がると「面を上げよ、膳の支度を頼む」と言った。それを合図に御料理番たちは、顔を上げてそれぞれが仕上げに取り掛かる。賢孝は厨に立ち尽くしたまま、主君の振る舞いを呆然と見つめていた。

「陛下、なぜ当然のように小上がりに座るのですか」

「厨の小上がりで食べる飯が一番美味いからに決まってるだろ」

「そんな理由でホイホイと出かけないでくださいよ、皇帝でしょう⁉」

「俺は皇帝だから、自由に振る舞う事にした」

「自由すぎます！」

賢孝の鋭い反論に、凱嵐はまあ座れと促しながら言い訳を始める。

「俺は本当は、朝餉と昼餉も厨で食べたいと思っている。だが、日中はさすがに人目が多すぎるので我慢している。だから夕餉くらい好きにさせてくれ」

「意味がわかりません……」

賢孝は眉間をもみしだきながら、心底わからないと言いたげだった。

紫乃は御膳の用意をし、小上がりに正座をする。

「今日の夕餉の献立は、麦飯に、味噌汁は茸と豆腐。香の物は蕪の漬物、なますは青菜と胡麻の和え物、焼き物は鯛の幽庵焼きに、平は虹鱒と胡桃の甘露煮です」

「今日も豪勢だな」

膳を覗き込んだ賢孝が柳眉を寄せて訝しむ。

「なぜ茶碗と汁椀が空なのだ」

「先に盛ると冷めるので、毒見が終わった後に盛り付けるようにしているんです」

「は？　一体なぜそのような事に？」

「出来立てを楽しんで頂きたいので」

「紫乃は気が利く御料理番であろう？」

この紫乃と凱嵐の言葉に賢孝は血の気の失せた顔で絶句し、今にも失神寸前の表情で「私のこれまでの努力とは……一体……」と言っていたが、それには構わず紫乃はさっさと毒見を済ませた。

「うむ、今日の夕餉も美味い。特にこの虹鱒の甘露煮が良い味だ。蜜が照りを与えていて、魚も胡桃も黄金色に輝いている。賢孝もそう思わないか？」

「…………」

賢孝が食事をきちんと味わっているのか、定かではない。何せ常識破りの食事の提供方法に度肝を抜かれ、さっきから目の焦点が合っていなかった。虚《うつ》ろな瞳で黙々と料理を食べ進めている。せっかく腕によりをかけた料理を作ったのだからぜひとも「美味い」と言って欲しかったのだが、それどころではなさそうだった。仕方がないので賢孝の事は一旦頭の中から追いやって、紫乃は凱嵐へと話しかける。

「陛下の食事は、御膳所の料理番たちが腕によりをかけ、見た目だけではなく栄養を考えて作っております」

「うむ、ありがたい限りだ」

「ですが町人たちは決してそうではありません。彼らは腹一杯にするために、とにかく白米のみを食べるという方法をとっております。なぜならば、雨綾の町では貴重な米が安く食べられるから。ですが、それは決して良い事ではありません」

話を聞いた凱嵐は、紫乃の言わんとしている事がわからず、不思議そうな顔をした。

「一体急にどうしたというのだ」

紫乃は息を深く吸い、昨日のうちから考えていた事を語り出す。

「陛下、私、雨綾病の原因がわかりました」

「何だと？」

「何？」

紫乃の言葉を聞いた途端、凱嵐の料理を食べる手が止まり、賢孝の目に生気が戻った。

「昨日、雨綾の食事処と医院に行ってわかったんです……原因は白米にあったのだと」

そもそも、この雨綾病というのはおかしな病だった。

患うのは働き盛りの男が中心。

方々の里から雨綾にやって来た男たちは、よく食べよく働きよく眠る、実に健康的な男ばかりだ。

それなのに、そうした人間が真っ先に病に倒れる。

初めはだるさ、食欲不振といった軽い症状。

放っておくと寝たきりになり、そのまま死に至る。

症状が軽い時に故郷に帰ると、まるで病気だったのが嘘みたいにけろりと治ってしまう。

けれど再び雨綾に来ると、また病を患うのだという。

おかしな点は他にもあり、病人が帰った先の里ではその病が広がる事はない。

通常、流行病は人から人へと伝染するものだが、そうした特徴がこの病にはないのだ。

雨綾でのみ流行っているから、雨綾病。

「……天栄宮の使用人宿舎でも都でも、雨綾では町人が白米をたくさん食べるという話を聞いたんです」

物流の便が良く、国で最も栄えている雨綾では庶民であっても白米が食べられる。

「けれど、地方の里では白米はあまり食べられていない」

屹然近くの里でも、食べられているのは麦飯や雑穀米だった。

米は年貢で納めないといけないから、そうそう口に入るものではない。

「白米ばかりを食べて、他のものを食べていないから栄養が偏って病気になります。天栄宮の使用人の中でも、御膳所で働く人は雨綾病に罹っていないと聞いています。それは、肉や野菜に加えて麦飯を食べているから。麦飯は麦の部分に栄養が詰まっているから、そればかり食べても白米よりも病気になりにくいんだと」

紫乃の話を聞いた凱嵐と賢孝は呆然とし、しばし見つめ合っていた。

やがて口を開いたのは、凱嵐だ。

「……なるほど、一理ある。確かに、都では白米がよく食べられている。先日も、競うようにして白米を盛り付けた丼を町人たちが食ろうているのを目にした」

「陛下の御代《みよ》になってから、雨綾に来れば白米が食べられると評判になっていますからね。まさかそれが病気の要因になっていようとは思いもよりませんでしたが」

「真に原因が白米なのかはわからぬが、ひとまず白米ばかり食べるのをやめるよう触れ書きを出すか……肉の関税を下げて、流通を増やせば他のものも食べるようになるだろう」

「それが良いやもしれません」

「待ってください」

二人の会話に口を挟んだのは、紫乃である。

「先日、雨綾の食事処の店主が言っていたんですが、町の料理人はあまり色々なものを作れないようです。いきなり肉の関税が下がったからといって、食べるかどうか」

「確かにな」

「陛下、町人とて馬鹿ではありません。価格が下がったとあれば焼くなり煮るなりして好きに食べるでしょう」

「まあそうかもしれぬが」

「肉の調理方法を教えたほうがいいかもしれません」

「ならば瓦版でも配るか。触れ書きよりも広く知れ渡るし、何度も読み返せるほうが良いだろう」

「そうして頂けますとありがたいです」

紫乃と凱嵐の二人でどんどんと話を進めていくと、賢孝が紫乃を鋭く見据えた。瞳には剣呑な色が宿っており、どう贔屓目に見ても友好的ではない。

「そこまで口を挟むのであれば、お前がその調理方法とやらを考えるのであろうな」

「はい？」

「お前は、白米ばかりを食べるのが病気の原因だと言った。白米ばかりを食べぬよう、肉の関税を下げる話をすれば、町人たちは肉の食べ方がわからぬやもしれぬと意見を申した。恐れ多くも陛下と意見を交わし、瓦版を配る話まで取りまとめた。ならば白米丼に代わる、美味くて手軽で栄養に優れていて、かつ懐もさほど痛まない安価な肉料理を我らに知らしめてみせよ。関税を下げる触れ書きとともに瓦版に料理の作り方を記載するなら、言い出したお前が考えるのが筋というものであろう」

そうして賢孝は、柔らかな美貌の顔立ちにどす黒い笑みを浮かべ、さらに言葉を重ねる。

「御膳所の料理番ともなれば、頭の中にある献立の数は百を下らぬはず。まして御料理番頭ともなれば、なおの事。よもやできぬとは言わぬであろう？」

「…………！」

明らかに挑発されている。隣に座る凱嵐は呆れた顔で賢孝を見ていた。

「お前なぁ、もう少し言い方というものがあろう」

「私は誠意を持って御料理番頭に依頼をしておりますが、何か？」

「…………」

「して、当然受けるのだろうな？」

売り言葉に買い言葉だ。わかっている。しかし紫乃には、料理人としての矜持があった。

こうまで言われて「できません」と言っては、料理人の名が廃るというものだ。

あっという間に覚悟を決めた紫乃は、背筋を伸ばして賢孝をまっすぐ見据え、はっきりとこう口にした。

「お安い御用です」

「結構。なれば明日の夕餉の席にて、その料理を我らに披露してみせよ」

唇を持ち上げて目を細め、薄く笑い続ける賢孝は、さながら絵巻物に出てくる地獄を統べる鬼のようであったとこの時御膳所に集う他の面々は思ったという。

◇

夕餉を終えた賢孝は、凱嵐に付き従って寝殿までの道のりを歩いていた。半歩前を歩く凱嵐は、賢孝に渋い視線を送る。

「お前、紫乃に厳しすぎるぞ」

「陛下が優しすぎるのです」

「雨綾病の解決の糸口を指し示した。それだけで功績は計り知れんのに、あの無茶振りはない。いくら御料理番頭とはいえ、宮中料理と市井の料理とでは天と地ほどの差があるのだ、そうそう献立など思いつくまい。それを明日とは……」

「ですが娘は引き受けました。もはや言い訳などできません。……私は分を弁《わきま》えずに政に口を挟むような者は、好きではありません」

「それであの挑発の仕方か。正直子供っぽかったぞ」

「…………」

「自覚はあるのだろう。そう拗《す》ねるな」

「拗ねてなどおりません」

横を歩く賢孝は誰がどう見ても拗ねていた。

おそらく凱嵐には、賢孝が今何に拗ねているのかが手に取るようにわかるのだろう。我が主君に隠し事は不可能であると賢孝は知っていた。

「お前が紫乃を気に入らない理由は、政に口を挟まれたからだけではあるまい。猫又妖怪の件だろう」

図星である。賢孝は常に浮かべている柔和な笑みを引っ込め、主君に対し非難がましい視線を送った。

「……なぜ黙っておられたのです」

「あれは害がない」

「そういう問題ではありません」

賢孝ははぁ、とため息をつくとこめかみに人差し指を当てる。

「大問題でございますよ。元影衆と関わりのあるのみならず、妖怪を使役しているなど。得体が知れないにも程があります。なぜ野放しにしているんです？」

「妖怪を使役できる人間は限られているが、そこまで珍しくもないだろう。見たところ使役しているのはあれ一体のみだし、一般的に猫又はさほど害のある妖怪ではない」

妖怪を調伏し、支配下において使役する人間というのは一定数存在している。凱嵐の最大の敵である白元妃も妖怪使役に長《た》けているし、皇族の中には使役が得意な者も多い。天栄宮に無数に張り巡らされている護符は、妖怪避けとして専門の役職の人間が貼っているものだった。特定の妖怪以外は入れないように守られているのだ。

にもかかわらず。

賢孝は話をはぐらかそうとしている主君を胡乱な目で見つめる。

「誤魔化さないでください。この天栄宮内で妖怪を使役する。それ自体が異質であると申し上げているのです」

「…………」

「わかっておいででしょう。あの娘、もしかせずとも……」

「賢孝。それ以上は言うな」

凱嵐は賢孝の言葉を遮った。口調は強くなくとも、言葉には圧力がある。口をつぐんだ賢孝に、凱嵐は諭すように言った。

「紫乃については、きちんと調べさせよう。報告を待て」

「…………御意に」

陛下にそうまで言われてしまっては、もう賢孝から言える事など何もない。

凱嵐は、人を見る目に長けている。心の底から自分に仕えてくれる人間を見抜く天性の目が備わっていると常々感じていた。

賢孝が最初に凱嵐に出会った時もそうだった。

剛岩近郊の土地を支配する豪族の一人に生まれた賢孝は当時、付近に出没する妖怪、「渾沌《こんとん》」の被害に怯えながら暮らしていた。

渾沌というのは「四凶」に分類される伝説上の妖怪で、巨大な犬のような姿の化け物だと伝わっている。

突如として現れた渾沌は瞬く間に里を襲い、人間を食い散らかし、対抗する軍を圧倒的な力で蹂躙《じゆうりん》した。

後に聞いた話だが、先代皇帝は強すぎる渾沌の討伐を諦め、土地ごと封印する決意をしていたという。

妖怪に蹂躙され、腐敗した土地に取り残された人々は軍に助け出される事もなく、渾沌ごと封印される予定だった。

――そこに現れたのが、凱嵐だったのだ。

「よう、化け物。俺が相手してやるよ」

まだ十歳の少年だった凱嵐は、身の丈に合わぬ刀を振り回し、何百人もの人々を紙切れのように食いちぎって殺した妖怪にまるで恐れずに立ち向かう。

三日三晩の戦いの後、立っていたのは凱嵐だった。

その様を見て、賢孝は思った。

あぁ、この方に一生を捧げようと。

味方を増やす凱嵐の手腕は並外れている。敵に向かう時には苛烈に、味方に対してはとことん信じ抜く。

時に危うささえも見せる凱嵐の性格を補佐するため、自然と賢孝は冷静に俯瞰《ふかん》して全てを見るようになった。増え続ける味方の中には、時に凱嵐に快くない感情を持っている者もいる。

だから、見極めなければならない。

あの娘が本当に敵にならないかどうかを。

御料理番頭という役職は、その気になれば最も容易く皇帝を毒殺できるのだから。

七

翌日の明け六つ、蔵の前に行った紫乃に伴代が心配そうに声をかけた。

「姐さん、あんな約束しちゃったけど大丈夫ですかい」

「大丈夫だ、絶対になんとかする」

本日の夕餉の席で、凱嵐と賢孝を納得させる料理を作って出さなければならない。

「白米丼に代わる、美味くて手軽で栄養に優れていて、かつ懐もさほど痛まない安価な料理ねぇ……なかなか難しいですよ」

「けどやるって言ったんだから、やらないと。ひとまず肉だ、肉」

紫乃は荷車に近づき、肉を吟味する。

一口に肉と言っても様々な種類がある。山で獲れる雉や猪、熊などから、家畜である鶏、牛、豚など。どの肉を使うかで調理方法も変わってくるし、下処理の有無なんかも問題だ。

干し肉なのか、新鮮な肉なのかによって調理方法も変わる。

「よし、豚肉を使った料理を出そう。家畜の肉は山の動物の肉と違って臭みが少ないから下処理もあまり必要ないし、新鮮なまま美味しく食べられる」

「俺も手伝いますよ」

「ありがとう、助かる」

夕餉の厨に二人で行くと、ぞろぞろと他の料理番たちも集まってきた。

「姐さん、おはようございます」

「朝餉、食いましたか？」

「いや、まだ」

「じゃあさっさと食ってから肉料理を考えましょう」

一人の料理番のその言葉を聞き、紫乃はちょっと驚いた。

「え……皆、手伝ってくれるの？」

「あったりまえじゃないですか」

「夕餉の席で料理をお出しするんですから、厨全体でやるべき事柄です」

「十人もいりゃあ、賢孝様を唸らせる料理の一つや二つや三つ、きっとあっという間に作り出せますよ！」

がははと笑いながら着物の袖を襷で縛る料理番たちを見て、紫乃はじんわりと心が温かくなった。

「私が言い出した事なのに……ありがとう」

「お安い御用ですって」

「よっしゃ、ひとまず朝餉ですね！」

朝餉の準備をしていると、寝ぼけ眼を擦りながら花見が厨へとやって来た。

「紫乃、おはよ……あれ、朝から厨に人がいっぱいだにゃあ」

「花見さん、早うございます」

「朝餉を食べてから皆で肉料理を考えるんすよ」

「あぁ、なるほどだにゃあ」

「さ、朝餉食っちまいましょうか」

御膳所の小上がりで朝餉を取り、それから肉料理の考案に取り掛かる。笹《ささ》の葉の上に載った、鮮やかな赤色に白い筋がいくつも入った新鮮な豚肉を見つめ、紫乃は腕を組んだ。

「豚肉なら、味噌床で漬けたものを焼いたらどうだろう？」

「けれど姐さん、町じゃ味噌床に使う味醂は高級品ですぜ」

「そうか……」

「味噌煮込みはどうですか。野菜や豆腐を肉と一緒に煮込んで味噌を溶くだけで簡単ですけど、食材の出汁が出るから味わい深いし栄養も盛りだくさんですよ」

伴代の言葉に他の料理番たちも頷く。

「違いない」

「失敗も少ないしな」

「ああ、町人たちにも馴染みがある料理です」

「偏った栄養が原因ってんなら、雨綾病の解決にはうってつけの料理ですよ」

しかしこの料理番たちの意見に、紫乃は眉間に人差し指を当てて苦悶の表情を作った。

味噌煮込みはありふれた料理だ。雑炊などと同じで、囲炉裏にくべた火の上に鍋を吊るして煮込むだけで済むので、誰でも思いつく。屹然の里の人々もよく食べていた。白米にも合うし、出せばきっと町人の間でも流行るに違いない。

紫乃の脳裏に、味噌煮込みを食べる町人の姿が思い浮かぶ。

味噌煮込みをおかずに、白米を食らう雨綾の人々。その顔はきっと、笑顔だ。

そして次に、味噌煮込みを夕餉に出した時の賢孝の姿を想像してみた。おそらく賢孝はあの美麗な顔に柔和な微笑みを浮かべながら、こう言うだろう。

『天栄宮の御料理番頭ともあろう人間が考えた料理が味噌煮込みとは。やはり屹然の山育ちなだけあって、田舎くさい料理に馴染みがあるようだな』

「…………！」

想像の賢孝に挑発された紫乃は、負けず嫌い魂に火がついた。

「味噌煮込みはダメだ！」

「えぇっ、何でですか」

「今、話がいい感じにまとまりかけていたのに！」

「ダメったらダメだ。味噌煮込みなら誰でも思いつく。きっと町人たちの間で勝手に広まって遅かれ早かれ作り出すだろう。もっと目新しい料理にしよう」

「目新しいねえ……」

伴代たちが腕を組んで考え出す横で、紫乃はまず調理方法を指折り数えてみた。

「焼く、煮る、揚げる、蒸す、茹でる、和える」

「簡単なのがいいですよ。あと油は貴重なんで、揚げ物は難しいですね」

「なら、焼くか煮るか茹でるだな」

紫乃は何か参考になりそうなものはないかと厨を見回した。

御膳所の厨には各種の調理道具が揃っている。竹を編んだせいろや大小様々な鍋、石臼、五徳、すり鉢、すりこぎ。その中で紫乃の目に留まったのは、木枠で囲まれた持ち運び可能な炊事道具だ。

「……伴代、七輪はどうだろう」

「あぁ、網焼きですか。いいんじゃないですか。簡単だし香りもいい。町人たちの間じゃあ炭は高級なのでもっぱら薪で代用しますが、煎餅や魚焼く時なんかに使いますからね」

「よし、じゃああとは味付けだな」

「町で手に入りやすい調味料といったら塩ですね」

「なら塩を振った豚肉を網焼きにしよう」

「いいと思います」

伴代が頷き、他の料理番たちも納得顔だったので、本日の夕餉には七輪で焼いた豚肉を出す事に決まる。

七輪で焼く一番の利点は、肉が香ばしく焼ける事だ。余分な脂が網の下に落ちるので肉が油っぽくならないし、焼いた時に炭の香りが肉に移るので香りが良い。鋳物の平鍋で焼いた時よりも数段美味しくなる。

紫乃たち厨の人間は、夕餉のために忙《せわ》しなく働いた。

当然、肉料理のみを出すわけにはいかないので、他の献立も用意をする。

皇帝に出す料理は一汁三菜が基本である。

肉は薄く削ぎ切りにし、切り込みを入れて焼き縮みを防ぎ、塩を振ってから笹の葉で包んで氷で冷やしておく。直前に焼かなければ固くなってしまうので、このまま保存だ。

そうして時間になり、やって来た凱嵐と賢孝。平伏をして迎え入れ、小上がりに座した二人の前に膳を置く。紫乃の顔を見て言葉を発したのは、凱嵐ではなく賢孝であった。

「約束の料理は出来たのであろうな」

「はい」

紫乃は厨に据えてあった七輪を二人の近くまで運ぶと、炭に火をつけた。ぱちぱち爆《は》ぜる炭が七輪の網を十分に熱した頃合いを見計らい、笹で包んで保存してあった薄切りの豚肉を取り出して、箸で摘んで網の上へと載せた。

途端、じゅううううっと音を立てて豚肉がみるみるうちに焼けていく。

七輪から立ち上る煙越しに、凱嵐と賢孝の驚く顔が見えた。

「なるほど、網焼きか！」

「左様でございます」

嬉しそうな凱嵐の声に紫乃は頷いた。

あっという間に焼けていく肉を菜箸で摘んで素早くひっくり返すと、網の目状に焦げ目がついた豚肉が姿を現した。その焼き色たるや、薄すぎず濃すぎず、絶妙な加減である。

「良い音だな。聞いているだけで食欲をそそる。剛岩では猪を丸焼きにして食べていたものだが、その時を思い出すようだ。早く食べたいものだ」

「ですがこの一枚は、毒見のために私が頂きます」

「何っ」

紫乃は焼きたての肉を頬張った。炭火で焼いた独特の香ばしさを纏った肉は、表面に振った塩のおかげで絶妙なしょっぱさがある。噛み締めると肉汁が口の中に溢れ、舌の上で蕩《とろ》けた。

我ながら上手くできたな、と思いながら噛み締めていると、目の前の男から圧を感じて目を上げる。

「何でしょうか、陛下」

「ずるい。俺も早く食べたい」

素直すぎる感想が凱嵐の口から漏れ出した。

凱嵐の隣に座る賢孝が呆れの目で凱嵐を見つめている。

「陛下、もっと威厳をお持ちくださいませ」

「無理だ、俺は腹が減っている。今すぐ紫乃の飯を食いたい」

「毒見なので、どうあがいても四半刻は待ってもらわないといけませんよ」

「くそぅ！　なぜ俺は命など狙われているんだ！」

肉を目の前にした凱嵐は、心底辛《つら》そうにそう慟哭《どうこく》した。切実すぎる願いに、厨にいる全員が「陛下、お可哀想に……」と思ったのだが、口にする者はいない。

ようやく四半刻が過ぎて凱嵐たちが夕餉を始める時間になる。

紫乃は焼いたばかりの肉を器に載せると膳の上へと置いた。

「どうぞ。今日の焼き物は『塩振り豚肉の網焼き』です」

早速箸を手にした凱嵐が、器を手に取り肉に齧《かぶ》り付《つ》いた。頃合いに焼けた肉が凱嵐の口の中へと消えてゆく。噛み締めた凱嵐が破顔した。

「これは美味いな。塩のみの味付け故に、肉の旨味が引き立っている。何よりも炭火で焼いた肉の香ばしさよ！　食べる前から目の前で焼き、出てくるまでに期待させるのも良いではないか」

「お気に召して頂けたようで、何よりです」

「結構、結構。これならば町人たちも気に入るであろう。さすがは御膳所の御料理番頭、白米丼に代わる、美味くて手軽で栄養に優れていて、かつ懐もさほど痛まない安価な料理をあっという間に作り上げたというわけだ！」

上機嫌に肉を食べ、麦飯をかき込み、酒を飲む凱嵐。しかし問題は隣に座る男の方だ。

紫乃は、静かに箸を進めている賢孝に向き直った。

「賢孝様はいかがでございますか」

「…………」

紫乃の問いかけに応じず、黙々と夕餉を食べ進める賢孝を凱嵐が肘でつついた。

「黙ってないでなんとか言ったらどうなんだ。予想以上の出来に、さしものお前とて言葉を失うほど驚いたのだろう？」

「驚いたなどと、そんな」

「ならば紫乃を褒めてやるがいい。ほらほら」

「陛下、お戯れが過ぎます」

肘でつつき続ける凱嵐に、賢孝が苦言を呈する。紫乃の顔を見た賢孝は、かなり微妙な表情を浮かべていた。

「なるほどこれなら調理方法も単純で、雨綾の町でも容易に作れる」

「お褒めに与り光栄でございます」

「が、だからと言って私はまだお前を認めたわけではない。どこの馬の骨ともわからぬ娘をそう簡単に受け入れるほど、私は信じやすくはないのだ」

「お前も強情な奴だなぁ。案ずるな、紫乃。賢孝は折れどころを失って意地を張っているだけだ」

「意地など張っておりません」

「張っておるではないか。現に、いつもより食事が進んでいる。美味いと思っているのだろう？」

「思っておりません。食事など胃が満たされればいいのです」

「その『胃が満たされればいい』という発想で、白米を大量に食べた町人たちが病を患ったのであろうが」

「では満遍なく色々なものを食べて、かつ胃が満たされればそれでいいのです」

淀みなく反論する賢孝に、凱嵐は呆れ顔を向けた。

「お前なあ……」

「大体、なぜ陛下はそんなにもこの娘を私に認めさせたいのですか」

賢孝が肉を口に運びながら、ジトリとした目で凱嵐を見つめる。しかし、賢孝の湿度を含んだ粘着質な視線などどこ吹く風といった様子で受け流し、凱嵐はからりと言った。

「そりゃ、俺が連れてきた人間はお前にも好いて欲しいだろう。お前は俺の右腕なんだから」

まるで湿気を感じない、真夏の晴天のような晴れやかな笑顔と共に言われた言葉に、賢孝は動揺したようだった。細められていた目を開き、箸を持つ手が硬直する。

「案ずるな、紫乃は悪い人間ではない」

「……陛下がそうおっしゃるなら、まぁ……」

賢孝が言うと、凱嵐は「よし、それでいい」と満足そうに言う。

「では紫乃、早速肉のおかわりを焼いてくれ」

「はい」

ぱちぱちと炎が爆ぜる七輪で、紫乃は追加の肉を焼く。

「よし、ついでだから触れ書きの内容も考えるか。お前の意見も聞かせてくれ、紫乃。病に罹らぬようにするためには、どのような献立の食事を取ればいいか」

紫乃は肉を焼きながらも淀みなく答える。

「米、肉、魚、野菜、大豆を満遍なく取るのが最良です。最低でも汁物に野菜を一つ入れ、白米を食べる量を減らして肉や魚を食べれば、それだけで体に良い食事になります」

「なるほど」

「網焼きならば魚にも使えますし、今の時期なら目刺し。夏には鰹、秋には秋刀魚《さんま》を焼けばいいでしょう。とにかく毎日毎日同じものばかりを食べるというのが良くないので」

「相わかった。なんとかしよう」

「……空木が横領していた分の税を補填すれば、全体的な関税を減らしても問題ないかと」

「あいつ、そんなに懐に金を収めていたのか」

「相当なものでございました」

凱嵐は紫乃が焼いたおかわりの肉を食べながら、鼻先に皺を寄せる。

「最悪だな。排除しておいてよかった」

「命懸けでございましたけれど」

賢孝の視線はどことなく非難がましい。凱嵐は咳払いをして誤魔化した。

「ともあれ、おかげで関税を下げる目処《めど》がついた。今は雨綾だけだが、方々の関税ももう少し引き下げて農村部の食生活も向上を図りたいものだ」

「左様でございますね」

夕餉の席は、凱嵐が幾度も網焼きにした肉をおかわりしながら、和やかに終わった。


凱嵐が帰った後の厨では、料理番たちが七輪を囲んで次々に焼ける肉を頬張っていた。

伴代が茶碗に盛った麦飯を肉で包み、豪快に口へ運ぶ。

「塩を振ってあるだけの肉でも、こうして七輪で焼くと美味いですね。炭火で炙《あぶ》ると独特の味わいになる」

隣で同じく肉を食べている大鈴もニコニコしている。

「本当に。陛下がお喜びになっていて、何よりでしたわ」

しかし紫乃には若干の心残りがあった。

「賢孝様から、またしても美味いという言葉を引き出せなかった」

「あら、紫乃様。わたくしの見立てでは、もう一息といったところですよ」

「本当に？」

「ええ。陛下もおっしゃっていた通り、賢孝様は強情なところがありますから、折れどころを探しているのですよ。あと一度、紫乃様が賢孝様を認めさせるような事があれば……きっと心を開いてくださると思います」

「大鈴にそう言われると、心強いよ」

「あとは触れ書きと瓦版の効果がどれほどあるかでございますね」

「そればかりは、俺たちにはわからねえからな……休みがないと雨綾に行って様子を見る事もできないし」

「こんなに近いのにもどかしい限りでございますね」

「でも、もし上手くいかなかったら、これみよがしに賢孝様が嫌味を言いにきそうな気もする」

「まあ、紫乃様それは考えすぎでは……と言えれば良いのですが、実際問題言いそうですから困ったものです」

大鈴はおっとり首を傾げた。

「上手くいくと良いですね」

「うん」

紫乃は心の底から頷いた。別に賢孝に嫌味を言われるのが嫌なわけではなく、町人たちの食生活を改善したいと思っていた。

◇

数日後、紫乃が朝餉を終えた後の話だ。花見と共に御膳所の夕餉の厨に向かっていた紫乃は、大鈴に呼び止められた。

「紫乃様、本日の夕餉の支度は伴代様に任せるようにと先ほど陛下がおっしゃっておりました」

「あ、そうなんだ」

「代わりに紫乃様には、正殿に来るよう伝えろと」

「えええ……」

「紫乃、行かなくていいにゃあ。気にすんな」

「『来ないようならば俺から迎えに行く』ともおっしゃっておりました」

「…………」

憮然《ぶぜん》とする紫乃に構わず、大鈴はにこりと微笑んだ。

「確かにお伝えしましたからね。陛下は正殿群が一角、奥まった私的な居住区にあたる寝殿にてお待ちしているそうです。では」

去っていく大鈴を見送り、紫乃は逡巡した。立ち尽くす紫乃を花見が見上げた。

「無視する？」

「迎えに来られても嫌だから、行くよ」

　諦めた紫乃は大人しく寝殿まで行く事にした。

　広い天栄宮の中をやや迷いつつ進み、指定された寝殿までなんとかたどり着く。見張りの兵に身分証である木札を見せて用向きを伝えると中へと通してもらえ、紫乃は一際豪奢な建造物の中に花見と共に足を踏み入れた。ここに来るのは母の事を伝えた時以来だ。

　階段を上って上階へと行き、目的とする一室の前に来ると、紫乃は襖に向かって声を張り上げた。

「陛下、言われた通り参りました。紫乃です」

「入れ」

　襖を開けてみれば、そこにいるのはいつぞやのように町人風の着物を身に纏った凱嵐だった。紫乃は敬語を忘れて思わず話しかける。

「何してるんだ？」

「見ればわかるだろう。雨綾の様子を見に行くから用意しているんだ。お前も共に来い」

「なんで私が……」

「触れ書きの効果を確かめに行くんだ」

「!」

凱嵐の言葉を聞いた紫乃は目の色を変え、それを見た凱嵐は口の端を持ち上げて笑った。

「白米のみを食べる事を禁じる触れ書きと共に、肉の関税を下げて市中の流通を促進させた。加えて、お前の考案した肉料理の調理方法を記載した瓦版も配っている。他の食材も食べるよう書き記してな。そろそろ効果が出る頃だろう。今雨綾の町がどのようになっているのか、確かめてみたくはないか?」

「みたい。行く」

「話が早くて良い。では行くぞ」

「よし行こう。花見、尻尾と耳消して」

「にゃあ」

凱嵐が笠を被り、花見がわしゃわしゃと頭をかきむしって耳と尻尾を消したのを確認してから三人は天栄宮を出て雨綾へと繰り出した。

雨綾の大通りは相変わらず雑多なざわめきに満ちている。方々に植えられている梅の木が、赤と白の花を咲かせていた。

「ひとまず、先日行った食事処の様子を見に行こう」

凱嵐の言葉に紫乃は頷く。と、食事処に近づくにつれ、香ばしい香りと共に煙が立ち上り、何やら人だかりが出来ているのが見えた。

「紫乃、なんかいい匂いするにゃあ」

「肉を焼く匂いだね。……でもちょっと焦げ臭い気がする」

「早速網焼きを作っているんじゃないか？」

「だとしたら焼きすぎている感じがあるな」

「匂いだけでわかるのかにゃあ」

「わかるよ、匂いは料理をする上で大切だから」

食事処の前は人だかりが物凄く、何が起こっているのかがまるで見えない。花見は十歳の子供姿だし、紫乃の身長はそこまで高くないので、押し合いへし合いの町人たちの間に割って入るのには勇気が必要だ。そもそも紫乃も花見もずっと山にいたので、人混みに慣れていない。

「すまぬが通してくれるか」

しかし及び腰の紫乃と花見の肩を抱き、凱嵐がぐいぐいと人をかき分け前へ前へと進んでいった。

「ちょっとぉ、押さないでよぉ」

「きゃっ、順番守ってよ」

「すまぬな」

すまぬの一言と共に前へ進む凱嵐と、つられて足を進める紫乃と花見。やがて開けた視界の先では、食事処の店主が大きな四角い七輪でじゅうじゅうと肉を焼いているところだった。七輪の上にはぎっしりと肉が載せられており、店主は箸でどんどんひっくり返して白飯の上へと載せ、そして客へと差し出していた。

「はいよ、お待たせ。網焼き豚の丼だ！」

「おぉ、待ってました」

受け取った客が店の中へと消えていく。その様子を見て凱嵐は感心したように呟いた。

「なるほど店の前で焼いて客寄せにしているのか。音と香りと立ち上る煙とにつられて客がやって来るというわけだ。工夫しているな」

「工夫はいいんだけど……」

紫乃は眉間に皺を寄せ、七輪の上に載っている肉を見た。焼き縮みした肉は反りかえっており、くしゃっと丸まっている。のみならず、焼きすぎて焦げ始めている肉もあった。

店主は汗みずくの顔を手ぬぐいで拭いながら紫乃たちに目を向けた。

「おお、この間のお嬢ちゃんたちじゃねえか。順番守ってくれよな！」

店主は忙しなく肉をひっくり返し、また新たな肉を追加で焼き出した。手つきが危なっかしい。網からはみ出して、空中をぶら下がっている肉までもがあった。紫乃はつい声を出す。

「肉、はみ出してる！」

「え？　ああ、これかあ」

「それから真ん中の肉、焼きすぎだ。焦げるぞ！」

「おっとっと」

店主は肉を摘もうとしたが、上手くいかずに滑って網の上に何度も取り落としていた。

「あぁっ、もう、まどろっこしくて見ていられない！　箸を貸せ！」

「うおっ」

紫乃は店主から箸を奪い取ると、七輪の前にしゃがんで肉に視線を走らせた。

「同じ網の上でも、火が強いところに置いてある肉から先に焼けるんだ。きちんと一枚一枚の状態を見計らわないと、あっという間に焦げ付くぞ」

紫乃は見るも鮮やかな手つきで次々に肉をひっくり返す。焼けた一枚を店主に渡した。

「食べてみろ」

「あっつつつ……」

素手で肉を受け取った店主は、あっちあっちとしながらも肉を頬張った。

「おっ、コイツァ美味え。焼き方一つで変わるもんだな」

「網焼きは焼き加減が重要だ。それから、肉は焼く前に切れ目を入れておかないと焼いた時の見た目が悪くなる」

「美味く食えりゃあ見た目なんてどうだって良くないか」

「ダメだよ、見た目も含めて料理だ」

「小難しい事を言うなぁ……ん？」

紫乃の事を胡乱げな目で見ていた店主だが、ふと紫乃の着物に視線を落とすとギョッと目を剝いた。

「その柿色の着物、もしや嬢ちゃん、天栄宮の御膳所で働く御料理番じゃねえのか」

この話を聞いた周囲に集った町人たちも、紫乃を見てざわめいた。

「それだけじゃないよ、帯を見てみな。藍色だ。蒼だよ、って事は……」

「……陛下を世話する、上級役職！　御料理番頭様か！」

ひええと誰かが声を上げ、一人が両手を擦って頭を下げてきた。

「ありがたや、まさか天栄宮の御料理番頭様の料理が食べられるとは！」

「長生きするもんじゃなあ」

「ありがたやありがたや」

「生き仏に出会ったようじゃわい」

豚肉を焼く紫乃を町人たちが取り囲み、両手を擦り合わせながら拝み始める。

紫乃はとにかく肉が焦げないようにせっせと焼きながら、拝む町人たちをなるべく気にしないようにした。

「見よ猫又、紫乃が拝まれている」

「紫乃の料理は美味いから、拝みたくなる気持ちもわかる」

「違いない」

「……二人とも、のんきな事言ってないでどうにかしてよ」

肉から一瞬たりとも目を離さず調理する紫乃の上に、二人の楽しそうな笑い声が降ってきた。

紫乃と店主の二人が肉を焼き、花見と変装した凱嵐が団扇《うちわ》で煙を扇《あお》ぐ。天高くもうもうと立ち上る煙と、肉の焼ける香りにそそられて、町人たちは次々と足を止める。そうして目に留まるのは、柿色の着物に藍色の帯を締めた紫乃の姿。天栄宮の御料理番頭が焼いた肉を食えるとあって、町人たちはこぞって店の中へと入っていった。店内で働いている店の者たちも大わらわで、大層な盛況ぶりだった。

店の中に入りきれずに外で豚丼を食べていた年老いた女の町人が、紫乃を見てしみじみと言った。

「なんだかこうしていると、紅玉さんが帰ってきたみたいだねぇ」

するとそれを皮切りに、年齢の高い町人たちが次々に同意し出す。

「確かに、違いねえ」

「あの人もこうして、料理に真剣に向き合って美味いものを俺たちに食わしてくれたからな」

「紅玉さんの料理は、ほんっとうに美味しかったから」

「陛下が興味を持つのも理解できるってもんだよ」

わいわい言いながらも網焼きの豚肉を堪能する町人たちは、皆一様に良い笑みを浮かべている。

「俺の紫乃は大人気だな」

「おみゃあのじゃない。ワテの紫乃だ」

「天栄宮の衣服を身に纏っているのだから、俺のものだ」

「ぽっと出のくせによく言うにゃあ。ワテが何年紫乃と暮らしてると思ってんだ」

「誰のものになったつもりもないけど」

煙を扇ぎながら口喧嘩を始めた二人に、紫乃はにべもなく言った。

そうこうしているうちに一日が過ぎ、陽が落ちる頃にようやく店じまいとなった。まだ店の前には客がおり、暖簾を下ろす店主に向かって至極残念そうな声を投げかける。

「えぇー、もう終わりかい？　せっかく噂の肉の網焼きを食べて一杯やろうかと思ってたのに」

「悪いな、俺らもうくたくただ。また明日来てくんな」

食事処の店主は出涸《でが》らしのような愛想笑いを浮かべながらそう言った。未練タラタラに振り返りつつ遠ざかる客を見つめてから、ふぅと息をついた。紫乃も腰を上げる。

「ずっとしゃがんでいたから、さすがに足腰にきた」

「どうもありがとうございます。結局店じまいまでずっと手伝ってもらってしまってすみません。お連れ様も迷惑かけやした」

「いいんだよ、今日一日で肉の焼き方は完璧に覚えたみたいだな」

「そりゃあもうばっちりです！　明日からもじゃんじゃん肉を焼いて、焼いて、焼きまくりますよ！」

煤《すす》まみれの顔に晴れやかな表情を浮かべながら店主が笑う。紫乃もつられて笑顔になった。

「お陰様で大盛況でした。本当に、どうお礼を言っていいやら……！」

「いいんだよ別に。この場所で不味い料理を出して欲しくないだけだ」

煤を払う紫乃は、なんて事のないように告げた。それでも店主は気を揉《も》んでいる。

「ですが、ここまでやってもらってはいさよならじゃあ寝覚めも悪いってもんです。何か礼でもできるといいんですが……銭はどうです？」

「お金はあまり使わないんだよな……そうだ、以前この店で働いていた紅玉さんが置いていったものって何かないのか？」

「ああ、ありますよ。奥の土蔵にがらくたがいっぱい詰まってます」

「なら見てもいいかな。めぼしいものがあったら貰いたい」

「どうぞどうぞ」

「ありがとう」

紫乃は片付けもそこそこに、花見と凱嵐と共に店を突っ切り戸を開けて、裏へと出る。町人が住む長屋がひしめく一角に土蔵があり、紫乃は戸に手をかけた。すっかり陽が暮れた土蔵の中はほぼ真っ暗で何も見えない。

「花見、明かり出せる？」

「にゃあ」

花見が一声鳴くと、右手の上に青白い炎が灯《とも》り、周囲を照らし出す。猫又妖怪花見が生み出す、怪火《かいか》だ。凱嵐が興味深そうに炎を眺めた。

「便利そうな妖術だな。どういう現象なんだ？」

「わからにゃい。『火よ灯れー』って思うと、出てくる」

「花見って感覚で生きてるよね」

詳細はわからないが、光源があるというのはとてもありがたい。花見が照らす薄青い炎の明かりを頼りに、紫乃は土蔵を検分した。

手前は食料が積まれていて、日常的に使用している形跡があった。

奥に行くにつれて埃が積もっており、なるほど誰も手を付けていないのがわかる。

店主が「がらくた」と称したものは、ほとんどが料理道具だ。母がいなくなった後、どう使えばいいかわからずに押し込められていたのだろう。埃を被った料理道具に、どれほどの年月が経ったのかが窺える。

紫乃は無造作に積まれた道具の中から、急須と湯呑みを見つけて引っ張り出した。汚れを指で拭うと、表面に描かれた模様がはっきりと見てとれた。白磁器の急須と湯呑みには赤い曲線が波打つように躍動的に描かれ、緑色の丸い玉がところどころに描かれている。

「お前の母の名残か」

「そうみたい」

凱嵐の言葉に紫乃は小さく頷いた。

湯呑みをこつんと額に当て、目を瞑る。陶器のひんやりとした冷たさが、炎のそばでひたすら肉を焼き続けて熱くなった体に気持ちよかった。

「……山を出てから、母さんが近くで感じられるようになった」

屹然の山間で暮らしていた時には思いもよらなかった事実が、次々に発覚している。

何も過去を語らず、常に明るく笑顔で紫乃に料理を教えてくれていた母の足跡を、今紫乃は遡るようにして辿っている。

屹然の山から、天栄宮、そして雨綾の食事処。

人々の口の端にのぼる在りし日の母の姿は、痛いほど眩《まぶ》しく鮮やかで、そして偉大だ。

母はずっと大勢の人に囲まれて生き、料理で周囲を笑顔にしていたのだ。

「私にも、できているかな」

母と同じように、料理で誰かを笑顔にできているだろうか。紫乃の独白のような問いかけに、間髪を入れずに二つの返事が返ってくる。

「俺はお前の料理が好きだ」

「ワテも」

「二人とも、ありがとう」

紫乃は心から笑って礼を言った。凱嵐が少々面食らった顔をする。

「……紫乃、お前、そうやって笑うとなかなか可愛いな」

「は？」

「なぜそんな塵《ごみ》を見るような目つきで俺を見る。褒めたのだから、ここは照れるところだろう」

「ふん。そんな誰にでも言っていそうな台詞を吐かれても、嬉しくない」

「紫乃は料理以外の事を褒めても、喜ばないにゃあ」

「方向性がぶれない娘だな！」

凱嵐の言葉を受け流し、急須と湯呑みを持って立ち上がった紫乃は、土蔵を出た。

「いいものありましたか？」

「この急須と湯呑みを貰ってもいいか？」

「へえ、どうぞどうぞ」

「ありがとう」

食事処の表から外に出た紫乃たち三人に、店主が見送りに出てくれた。

「また雨綾に来た時にはぜひ立ち寄ってください！　肉を焼いて待ってますんで！」

「うん。商売頑張って」

「はい、もちろんです！」

手を振る店主に見送られ、紫乃たちは雨綾の都を後にする。とっぷりと暮れた町はまだ賑わっており、酒を振る舞う店の中では行燈の明かりと華やかな笑い声に満ちていた。方々の店では、先のように白米のみならず、野菜や肉を使った料理が色々と作られ売られているようだった。予想通りに味噌煮込みを扱っている店もある。瓦版の効果を確認できた紫乃は一安心した。

これで雨綾病騒動が収まれば良いのだけれど、と思う。

ともあれ一仕事終えた紫乃は、夜の雨綾の空気を胸いっぱいに吸い込む。

隣を歩く凱嵐が、笠の下から笑みを送ってきた。

「食事処の手伝いまでするとは、どこまでも料理に真摯なのだな」

「私にとっては料理が全てだから、当たり前。それにあの食事処は母さんが働いていたところなんだから、もっとマシな料理を出して欲しい」

「そうか。変わったのはあの食事処だけではなさそうだな」

「うん」

紫乃は明かりに照らされた町を眺めながら頷いた。

「あぁー、それにしても腹減ったにゃあ！」

「よし、天栄宮に帰って夕餉にしよう。紫乃、お前も共に食うがいい」

「毒見としてね」

「別に毒見でなくとも夕餉を共にしても構わんのだが……」

「賢孝様が許さないでしょ」

これに凱嵐は言葉を詰まらせる。

「ワテは紫乃の料理が食べられにゃいから残念」

「そう？　私は伴代が作る料理、楽しみだけど」

本日は伴代が作った夕餉だ。何気に伴代が音頭をとって作った料理というのは食べた事がないので、紫乃は少々興味があった。

母が直々に指名して御料理番頭になったというのだから、伴代の料理も美味いに違いない。歩くほどにそびえる天栄宮が間近に迫り、やたらに立派な作りの南門が目に入る。門をくぐる前、一度立ち止まった凱嵐が紫乃の事を見る。紫色の瞳が柔らかく細められ、唇は弧を描いた。

「今回の件、礼を言う。屹然からお前を連れて帰ってきてよかった」

その一言で、紫乃はこの門を最初にくぐった時の事を思い出した。

最初は、無理やりだった。凱嵐に天栄宮に連れてこられて、逃げ出そうと思っていた。次に母の名前を伴代から聞いて、母が天栄宮を追われた謎を解き明かすまでは留まろうと決めた。

今はどうだろう。

雨綾に住む町人たちが新たな料理を大騒ぎしながら食べる様を見て、嬉しくなった。凱嵐が紫乃の作った料理を毎晩美味そうに食べる姿を見て、満更でもない気持ちでいる。賢孝の挑発に乗り、見返してやると躍起になった。毎日毎日、御料理番たちと料理をするのが、楽しいと感じている。

紫乃は凱嵐に、少しだけ本音を打ち明けた。

「私も、山を出てからの生活が悪くないと思ってるよ」

天栄宮の御膳所御料理番頭、皇帝陛下の御料理番という役職は、存外にやりがいがあって面白い。

――母も今の自分と同じような気持ちで働いていたのだろうか。

ふと紫乃は、手に持っている湯呑みに視線を落とした。

白磁の表面に鮮やかな赤い曲線が躍り、緑色の玉が宝玉のように描かれている。その三色の色合いに、紫乃は懐かしい母の姿を重ねながら、今度は自分の意志で天栄宮の門をくぐって中に入った。

終章

御膳所の夕餉の厨では、今日も今日とて皇帝が当然のような顔をして小上がりに座っている。

脚付きの膳の上には、見目麗しい料理の数々が並んでいた。

紫乃は凱嵐と賢孝の前にそれぞれ膳を置くと、料理の説明をする。

「本日の夕餉は、鮭《さけ》の粕汁《かすじる》と麦飯、寒鰤《かんぶり》の塩焼き、蕪の千枚漬け、青菜の辛子和え、それに牛肉の時雨煮にございます。毒見は済んでいるので、どうぞお召し上がりください」

「今日も美味そうだな」

凱嵐が膳に手を付ける。粕汁に口をつけると、熱々のそれを目を細めて啜った。

「うむ、酒粕によって腹の底まで温かくなる」

「本日は寒かったので、温まるように工夫を凝らしました。牛蒡《ごぼう》や蓮根《れんこん》、人参などを具材に入れ、刻んだ生姜を上に載せてあります。こうした食材は体を芯から温めてくれます」

「なるほど。美味いだけでなく、体の事も考えてあるのだな」

「はい。料理は味だけでなく、季節や天候に合わせ、また食べる人の事も考えて作る事も重要だと思っておりますので」

本日は春先の今の時分にしては特に、体が芯から冷えるような寒さだった。空は厚く雲に覆われ陽の光が差し込まず、床からは冷気が押し寄せ、襖や戸の隙間からは寒風が吹きつけ、足先や手指の先からじわりじわりと体温が奪われていく。だから紫乃は、体が温まるような献立を出そうと決めていた。

酒精を使った粕汁はそれだけでも飲めばぽかぽかとするのだが、さらに工夫を凝らして根菜を入れ刻んだ生姜を載せた。青菜も辛子で和える事で、ピリリとした辛さと熱さが味わえるようになっている。

凱嵐は満足そうに夕餉に箸を運びつつ、隣であいも変わらず美味いとも不味いとも言わず黙々と食事をしている賢孝を見た。

「町人たちにもより良き食生活を送って欲しいものだな」

「高官たちの話によると、雨綾で出される料理も変わりつつあるという事です」

「であれば良いのだが」

紫乃が見た限りでも、白米一択ではなく様々な料理を出す店が増えていた。ふと気になった紫乃は、凱嵐へと問いかける。

「そういえば、雨綾病の患者の数はどうなりましたか？」

「ああ、順調に減っているという話だ」

「よかった」

胸を撫で下ろす。やはり原因は偏った食生活にあったという事か。

「夕餉の御料理番頭の腕前は見事であったな。俺が見込んだだけの事はある」

「陛下、過剰な褒め言葉は臣下をつけ上がらせます」

「そのような事はあるまい。お前も褒め言葉の一つや二つ、かけてやったらどうだ」

「…………」

賢孝はかなりぎこちない動きで首を動かすと、紫乃を複雑そうな面持ちで見つめる。

箸を置き椀を置き、深呼吸し、それからにこりと美しい微笑みを浮かべた。

「瓦版に料理の作り方を記載したところ、好評だったようだ。できれば他の献立も記載をしたいという要望が届いている。当然、頼まれてくれると思うがどうだろう」

「それ、褒め言葉ではなく仕事の依頼ではないか」

「何をおっしゃいますか、陛下。好評だった、という褒め言葉にございますよ」

「…………」

賢孝のまわりくどすぎる言い回しに紫乃は苦笑した。ただ、献立が好評だったと言われれば嬉しい。それをもとに町人たちの間でも料理が作られて振る舞われているのなら、万々歳だ。

「わかりました。これからもお伝えいたします」

「他の高官が喜ぶであろう」

「全くお前という奴は……」

呆れ顔の凱嵐が千枚漬けを頬張った。パリパリと良い音が響く。

厨の隅で、グウ、と盛大に腹の虫が鳴く音がした。

「紫乃、さっき食べたのに見てたら腹減ってきたにゃあ。ワテにもおかわり……」

「あとでね」

「にゃあ……」

花見の頭部から突き出ている猫の耳が悲しそうにだらんと垂れる。その様子を見て凱嵐が笑った。

「お前の料理は色々な人を惹きつけるな。これからも御膳所で、夕餉の支度をよろしく頼むぞ」

「はい」

凱嵐の言葉に紫乃は頷いた。口元に微かに浮かべた笑みに凱嵐が気づき、こちらも口角を上げる。

春に近づいてはいるものの、まだまだ肌寒い日もある。

凍《い》てつく風が吹く外とは裏腹に、御膳所の中は料理の湯気が立ち上る、温かい空間となっていた。

あとがき

　本作をお手に取って頂きありがとうございます。

　学生時代や社会人時代、鞄《かばん》の中に文庫本を入れ、電車の中で読《よ》み耽《ふけ》るのが日課でした。掌《てのひら》サイズの小さな本の中に広がる無限の世界に心を躍らせ、夢中になりすぎて目的の駅を通過してしまうこともしばしばありました。私にとって文庫本とはかけがえのない相棒であり、「ここではないどこか」へ連れて行ってくれる良きパートナーです。

　そんな憧れの文庫で本を出す機会を今回頂き、本当に光栄です。

『皇帝陛下の御料理番』は第八回カクヨムWeb小説コンテストのプロ作家部門にて特別賞を受賞し、書籍化した作品になりますが、受賞の連絡を頂き、担当編集部がメディアワークス文庫さんであると聞いた時の私の驚きはそれはもう並ではありませんでした。現実感がないまま書籍化に向けての打ち合わせを終えた私は、緊張とプレッシャーで若干体調を崩しました。メディアワークス文庫の読者様に満足頂けるものに仕上げられるだろうかと、かなり不安だったのです。

担当編集のお二方にはとてもお世話になりました。お二人の励ましと助言がなければ、本作は絶対に完成しませんでした。たくさん改稿に付き合って頂きまして本当にありがとうございます。おかげさまでWeb版よりもキャラの掛け合いが増え、やりとりが増え、楽しく読みやすい物語になったかと思いますので、読者様に自信を持ってお届けできる作品になりました。

イラストレーターの烏羽《からすば》雨《あめ》様、本作のイラストをご担当頂きありがとうございます。この作品は世界観や色の指定などが細かく、色々とご不便もおかけしたかと思いますが、人物のみならず料理や背景に至るまで素敵に仕上げて頂き本当に感謝しております。

本作の書籍化にあたってご尽力頂きましたKADOKAWAの皆様、関係者の皆様にも御礼申し上げます。

そしてお読み頂いた読者の皆様にも厚く御礼申し上げます。

さて今巻はこれでおしまいですが、まだまだ物語は途中です。

物語の根幹に関わる紫乃《しの》の母の謎もありますし、このまま終わるにはあまりにも惜しいので、どうか多くの方に手に取って頂き、末長く愛されるシリーズになれば良いな……と思っております。

ではまたお会いできますことを願っております！

＜初出＞

本書は、2022年にカクヨムで実施された「第8回カクヨムWeb小説コンテスト」カクヨムプロ作家部門で《特別賞》を受賞した『皇帝陛下の御料理番』を加筆・修正したものです。

この物語はフィクションです。実在の人物・団体等とは一切関係ありません。

◇◇メディアワークス文庫

皇帝陛下《こうていへいか》の御料理番《おりょうりばん》

佐倉《さくら》 涼《りょう》

2024年1月25日　初版発行

発行者　山下直久
発行　株式会社KADOKAWA
〒102－8177　東京都千代田区富士見2－13－3
0570-002-301（ナビダイヤル）
装丁者　渡辺宏一（有限会社ニイナナニイゴオ）
印刷　株式会社暁印刷
製本　株式会社暁印刷

●お問い合わせ
https://www.kadokawa.co.jp/（「お問い合わせ」へお進みください）
※内容によっては、お答えできない場合があります。
※サポートは日本国内のみとさせていただきます。
※Japanese text only

※定価はカバーに表示してあります。

Printed in Japan
ISBN978-4-04-915413-9 C0193

メディアワークス文庫　https://mwbunko.com/

本書に対するご意見、ご感想をお寄せください。

あて先
〒102-8177　東京都千代田区富士見2-13-3
メディアワークス文庫編集部
「佐倉 涼先生」係

◇◇◇